KB194317

Never Say Never

불가능은 스스로가 만든 함정이다

Never Say Never
불가능은 스스로가 만든 함정이다

발행 ǀ 2025년 4월 25일

지은이 ǀ 배대균
펴낸곳 ǀ 도서출판 학이사
　　　　출판등록 : 제25100-2005-28호
　　　　주소 : 대구광역시 달서구 문화회관11안길 22-1(장동)
　　　　전화 : (053) 554~3431, 3432
　　　　팩스 : (053) 554~3433
　　　　홈페이지 : http : // www.학이사.kr
　　　　이메일 : hes3431@naver.com

ISBN 979-11-5854-562-8 03810

경상남도 GYEONGNAM　경남문화예술진흥원
'이 책은 경상남도 경남문화예술진흥원의 문화예술지원금을 보조받아 발간되었습니다.'

Never Say Never

불가능은 스스로가 만든 함정이다

배대균 산문집

夢而思|학이사

사막 한편의 고사목,
석양에 빛을 발하고 있다.
한낮 용광로의 모래폭풍과 빙점의 긴 밤들
의식적으로 헤쳐 가니 그대 이름 고사목.
때맞추어 비쳐온 노을빛과 더불어 묘한 승리감을 느낀다.

거대한 힘에 도전하고 극한의 시련과 싸워 나아간
한 판 한 판의 글쓰기.
부르짖노니

Never say Never

못 한다고 말하지 말라.
안 된다고 말하지 말라.
아니라고 말하지 말라.

2025. 4.
대호 배대균

차례

1부 _ 어떤 미소

4부 _ 마산만의 소모도 해협

6부 _ 생각하고 또 생각하기

1부
어떤 미소

바람 소리

지금, 산기슭 솔밭에 앉아 있다. 이곳은 일 년 내내 바람이 불어오고 한여름에도 바람이 분다. 나는 이곳을 '바람산'이라 이름 붙였다. 북쪽은 골바람이 불어오고, 남쪽은 지척이 바다로 여름철 해풍이 불어온다.

오늘은 4월 중순, 재수 좋은 날인가. 솔바람 소리가 세차다. '우, 우' 소리 내면서 무겁게 다가오는 이 소리들이 좋다. 날벼락 같은 소리를 내고 먼바다를 향하여 달리면 뒤따라 대지는 죽은 듯 고요해진다.

바람 소리는 오묘하다. 짧은 시간 솔잎끼리 부딪쳐 나는 낮은음이 스네어 드럼의 브러시 스틱 소리를 내면서 다가오고는 뒤이어 마치 나무 막대기를 한 방향으로 빠르게 뒤흔드는 듯한 소리를 낸다. 이 바람 소리들은 나만이 자세하게 들을 수 있다. 비정상적인 집중의 결과다. 발길 아래 한 가닥의 잔디가 밟히면서 말하는 소리마저 듣는다. 내가 이상한 사람인가.

솔바람 소리들은 나의 전위음악이다. 황막한 대지 그리고 몇 그루 소나무 숲을 배경 삼아 펼쳐진 무대, 나는 그곳에서 바람 소리에 몰두하고 간신히 들려오는 여음들을 즐기니 비정상적인 음악 감상이다.

사람들이 저마다 되새기는 노래 구절이 있듯이 나는 이곳으로 오면, 아니 엉뚱한 곳에서도 떠올리는 소리들이 있으니, 그것은 이곳의 윙윙거리는 바람 소리들이다. 그럴 때면 웃음이 터져 나온다. 오랫동안 되새기면 멍해진다.

산만할 때면 이곳 숲속으로 달려온다. 심심해도 찾아오고 마음이 불어터질 때면 꼭 찾아온다. 바람 소리에 집중하면 어느 한순간에 마음은 새로워진다. 이곳은 나의 치료소요, 그 바람 소리들은 강력한 진정제이다.

16세기 중국 사람들은 바람 소리 하프를 감상했다. 뒤이은 유럽 사람들은 그리스 바람의 신 아이올로스 이름을 딴 에올리언하프를 만들었으니, 굵기가 다른 여러 갈래의 스트링을 나무에 걸쳐 놓고 그곳을 통과하는 바람 소리들을 감상했다. 현들은 저마다 수백 수천 가지의 바람 소리를 낸다. 괴테는 『파우스트』를 노래하면서 이 하프의 소리에 비유했으며, 여기 보잘것없는 한 노인은 솔밭 바람 소리 들으면서 에올리언하프를 떠올린다.

인류는 바람과 더불어 창조되었다. 시속 1,200km 지구 자전의 풍속과 시속 10만 km 지구 공전의 바람 속에서 태초의 생명체가 잉태되고 거침이 없이 진화를 계속했으며 오늘날의 호모 사피엔스로 발돋움하게 했다.

바람 소리는 인류의 고뇌를 달래주고 영감을 안겨준다. 지난날의 나의 삶(삶의 방식)은 본능이 가리키는 대로 살아왔으며 1차적 습생, 즉 종족 보존 수준의 삶이었다. 이곳 바람의 언덕에 오고부터는 생각이 달라졌으니 지난날들을 뉘우치고 뒤돌아보게 한다. 입이 세상만사를 버려놓으니 입을 꽉 다물고 살라고 말해준다. 저 바람 소리들은 위대하다.

산에 오면 누구나 마음이 고요해진다. 지금 안정된 듯하다. 이제 돌아갈까. 어디선가 '뚝' 하는 소리가 들려온다. 들어보지 못한 소리, 나뭇가지 부러지는 소리인가. 해는 저물고 왈칵 겁이 난다. 아직도 번뇌로 가득하고 신경이 예민하다.

발가벗은 몸

우리 동네 앞바다는 멸치잡이 선단 불배 〔火船〕가 종종 들어온다. 불배는 잡아 올린 멸치를 삶는 일을 하는데 선단 중에 제일 크다. 이 화선에 오르기만 하면 호래기(화살촉 오징어)를 마음껏 주워 먹으니 기를 쓰고 헤엄질해 가곤 했다.

초등학교 4학년 여름날 오후의 일이었다. 여느 때와 같이 바닷가로 향했다. 그날따라 화선은 연안에 바싹 붙은 채 멸치를 삶고 있었다. 화선은 곧 육지에서 멀어지므로 빨리빨리 행동해야 된다. 나는 와락 헤엄질 쳐 갔으며 화선에 올라 열심히 호래기를 주워 먹었다. 그런데 바라보니 불배가 어느새 바다 한가운데로 향하고 있었다. 큰일이 났다. 발가벗은 알몸으로 배를 타고 어딘지도 모를 멸막까지 가야 하며, 그곳에 가서도 알몸으로 밤을 새울 것을 생각하니 막막했다. 이렇게 잠시 고민하고 있는 사이, 화선은 점점 더 속력을 내고 육지는 더 멀어져만 갔다. 길은 한길뿐, 화선에서 뛰어내리는 것이었다.

나는 배 후미로 다가갔다. 그런 후 무작정 뛰어내렸다. 죽기 아니면 살기였다. 물속에서 머리를 내미니 불배는 어느새 저만큼 멀어져 있었다. 육지 쪽을 바라보니 동네 뒷산만 보이고 동네는 파도 속에서 일렁이고 있었다. 나는 헤엄질을 시작했다.

진해만의 여름날 오후 바다는 잔잔함을 익히 알고 있었으며 얼마쯤은 헤엄을 잘 쳤다. 그런데 갑자기 냉수대가 다가오고 온몸이 오그라들었다. 물귀신이 잡아당기는 듯했다. 수영은 개헤엄질이 전부여서 느린 속도가 더 느려졌다. 그런데 또 어려움이 있었다. 해파리가 너무 많아 이리저리 피했지만 소용이 없었다. 나는 점점 지쳤으며 힘이 빠졌다. 이렇게 해서 물에 빠져 죽는구나 싶었다.

또 한 가지 어려움이 있었다. 바다는 썰물 때였다. 먼바다 쪽으로 흐르는 물길을 마주하여 헤엄질 치기가 너무 힘들었다. 사력을 다해 서툰 배영을 하면서 잠시 쉬었다. 나는 어리지만 바닷가에 살았기에 썰물과 밀물은 알고 있었다. 썰물이 끝나고 밀물 때가 다가오기를 기다린 것이었다. 그럭저럭 근 한 시간쯤 어정거렸다. 어느덧 물길은 정지되고 다시 헤엄질을 시작했다. 드디어 멀리 바닷가 동네가 바라보였다. 마지막 힘을 내었다. 일어서 보니 바닥에 발이 닿았다. 드디어 살아났다.

바닷가는 뭇사람들로 술렁거렸다. 그 가운데는 어머니도 보였다. 학교에서 돌아온 후 바닷가로 향한 아이가 오후 늦도록 흔적이 없으니 일이 난 줄로만 알고 동네 사람들이 모인 것이었다.

돌연 구토가 일어났다. 지금 생각하니 심장에 무리가 간 탓이었다. 기진맥진했다. 나는 물 바닥에 배를 붙인 채 기어갈 수 있을 때까지 바닷가로 기어갔다. 그 이상 더 나아갈 수 없는 곳에 엎드린 채로 바지를 가져오라면서 고함쳤다.

아주 옛날, 호래기 몇 마리 먹으려다 죽을 뻔했던 이야기를 하고 있다. 사람이 한생 살아가면서 죽을 뻔한 일이 어찌 한두 번이겠나. 하지만 그때 그 일은 진짜 죽을 뻔했다. 어렸지만 가야 한다는 의지 하나가 온갖 살아날 방법을 동원하게 했으며 그야말로 최선을 다했다.

노스텔지어

　　　　　　　　내 고향은 진해시 장천동, 하루 20리 길을
걸어 초등학교를, 40리 길을 걸어 중고등학교를 졸업했다. 75년
전의 까마득한 일들이 잊히지 않는다. 그때 진해는 시내버스가
없었고 남녀노소 없이 걷고 또 걸었으며, 나는 부산까지도 걸어
다녔다.

　중고등학교 통학은 하루 일과의 전부였다. 아침 7시 집을 나
서면 9시에 가까스로 교실에 이르고, 그러고는 집으로 돌아올
일을 걱정했다. 겨울 아침 7시, 찬 바람은 살을 에고 어린 동생
네 명은 마구 울었다. '이렇게 해서 얼어 죽는구나' 생각했다.
나는 동생들의 손을 잡고 "가자." 면서 밀어붙였지만 나도 울었
다. 옷이라 해야 어머니가 짠 무명베 옷이 전부였으며 두 벌을
끼어 입었건만 입으나 마나였다. 검은 고무신의 양발은 감각이
없었다.

　여름날, 집으로 오는 길은 허기진 채 멀기만 했다. 쉬고 또 쉬

면서 세 시간이 더 걸렸다. 학교 12년 동안 점심 도시락을 싼 적이 거의 없고, 도로변의 오이와 과일들을 훔쳐 따 먹었다. 하굣길에 친구가 준 오징어 다리 한 개, 그 맛은 잊을 수가 없다. 배는 고프고 먹을 것은 샘물뿐이던 날들, 끝내 머리가 아파오고, 토하고, 얼굴이 창백해졌다. 물중독이었다.

한번은 하굣길에 동급생 사촌과 싸웠다. 떡 두 조각을 사먹을 돈이 있었는데 그는 설탕물을 사서 마시자고 했고, 나는 떡을 사먹어야 허기를 면한다고 했다. 급기야는 내가 지고 말았다. 사촌은 얼마쯤 걸어오고는 그때서야 잘못했다면서 시인했다. 시근 없고 모자라기로서니, 어쩌면 그토록 모자라는가. 나는 그때 일을 지금껏 못 잊는다.

그 무렵 하굣길에 한 신사가 탕수육과 짜장면을 사주었다. 처음 먹어보는 음식이었다. 얼마나 좋았던지 남들은 다 먹기도 전에 먹어치우고는 남은 접시들을 물끄러미 바라보았다. 이 나이가 되어서도 중국집을 즐겨 찾으며 짜장면과 탕수육은 기본이다. 지독한 고착 현상들.

집에 이르면 어머니는 들에 나가고, 미처 퍼지지도 않은 꽁보리밥이 기다리고 있었다. 아무리 씹어도 입안에서 맴돌고 눈물이 쏟아졌다. 늦은 가을, 한번은 돌아오니 삶은 고구마 몇 개가 놓여 있고 쪽지에는 "제일 큰 것은 큰아이, 그다음 것은 둘째…" 하면서 순서대로 적혀 있었다. 먹으나 마나 한 고구마 한 개, 그러고는 논밭으로 향했다.

우리 집은 그때 고구마 농사를 지었다. 어느 날 밭에 나가니 밤새 고구마밭이 엉망이 되었다. 뿌리도 들기 전에 누군가가 모두 절단 내어 버렸다. 멧돼지들의 기습이었다. 그해 가을과 겨울은 간식거리고 뭐고 없었다.

오늘날은 모두가 잘 산다. 끼니 걱정은 안 하고 한 발 내디디면 시내버스와 자가용이 기다린다. 아이들은 먹다 먹다 지쳐 편식하고, 세상은 비만으로 아우성이다. 70년 전 그때 이야기를 하면 "라면이라도 먹지."라고 말한다.

인간은 망각의 동물이다. 나 역시 지난날의 상처들을 잊은 채 살아간다. 무대 뒤의 기억들만 이토록 아른거린다.

경화역

벚꽃의 나라 진해로 가면 경화역이 나온다. 100년 역사를 자랑하는 기차역이며, 지금은 기차역 공원이 되어 있다. 나는 어릴 적 주일마다 외갓집에 갔으며 이 역에서 기차를 타고 내렸다.

기차는 아침에 한 번 진해로 들어오고 저녁에 한 번 진해를 벗어나는, 그것이 전부였다. 그때는 시계가 없고 기차 기적 소리가 시계였다. 기차는 한 곳을 통과할 때면 기적을 반드시 울렸다. 그 소리를 못 들으면 안달이 나고 기차를 놓치기 일쑤였다.

경화역은 높은 곳에 자리 잡고 있었다. 토요일 오후 역에 이르면 남쪽이 훤하게 펼쳐졌다. 눈 아래 경화동의 집들은 조가비마냥 오목조목 들어서 있고, 멀리 수평선의 작고 큰 섬들은 여기저기 오리 떼가 앉은 양 저녁노을에 일렁거렸다. 해군사관학교 반도를 따라 부산 가는 연락선은 어김없이 통과하고 있었으며, 이 연락선을 바라보는 것도 큰 재미였다. 그것 또한 시계였다. 저 연락선을 타고 부산 한번 가 보았으면 했다.

기차가 플랫폼으로 진입하면 역장과 기관사는 어김없이 쇠로 만든 둥근 그 무엇을 잽싸게 주고받았다. 아버지는 말했다. 그것은 '키key'라는 것이며 그것을 주고받아야만 기차가 다음 정거장으로 향할 수 있다고 했다. 나는 플랫폼에 이르면 그 장면을 보고 싶어서 기관차 쪽으로 달려갔다. 동무들은 그런 것이 있는지조차 모르고 있어 나는 우쭐했다.

기관차는 정지할 때면 바퀴가 레일과 마찰해 불꽃이 일었다. 나는 그것이 보고 싶어서 먼 앞쪽으로 달려가 있었다. 급정거하면 할수록 불꽃은 더 많이, 더 길게 일고 기관차가 조용하게 정차하면 불꽃이 없었다. 그럴 때면 크게 실망했다. 기관차는 '미카'라는 이름자의 불통이며 큰 바퀴 2개가 주종이고 3개짜리도, 드물게는 4개짜리도 있었다. 몹시 힘차 보였는데, 저런 큰 바퀴를 무슨 힘으로 돌리는가 싶어서 어리둥절했다.

기차를 타면 맨 뒤칸 승강구 자리로 향했다. 그곳에는 추락 방지용 쇠 체인이 가로 쳐져 있었는데 그곳에 서서 끝없이 이어지고 사라지는 철길을 바라보았다. 철길은 아득히 멀어져 한 줄로만 바라보이다가 조금 더 지나면 아지랑이 속으로 사라졌다. 선생님은 무한대의 원리를 설명하면서 철길을 예로 들었다.

기차는 어느덧 동북쪽으로 향하고 이내 터널로 들어섰다. 그때는 객실에 전깃불은 없고 터널 소리만이 요란했다. 서울까지

가보지 못했지만 진해-창원 간의 안민터널을 세상에서 제일 긴 굴이라 여겼다. 가슴이 울렁거렸다. 터널 속을 달리는 요란한 소리가 좋고 더 길었으면 했다. 같은 반 통학생은 터널 안에 치어 죽은 걸인이 있다면서 겁을 주었다. 하지만 겁나지 않았으며 터널을 통과할 때마다 뛰어내리면 어떨까 하는 생각도 했다.

세월이 흘러 고등학생이 되었다. 이젠 기차역이 학교 바로 옆이어서 여간 기쁘지 않았다. 토요일 기차는 언제나 만원이었다. 화물칸이 통학생들 몫이었는데 지붕도 없었다. 남녀 학생들은 발 디딜 틈 없이 서 있었고, 짓궂은 남학생 한 명은 기차가 굴속을 달릴 때 여학생에게 그만 손질 사고를 내고 말았다. 여학생은 고함을 질렀지만 들릴 리 만무했고 기차는 터널을 벗어났다. 월요일, 학교 선생님은 그 학생을 찾아내라면서 호령했다. 나는 누군지 알았지만 입을 다물었다. 이 이야기들은 각각 한 개뿐인 남녀 중고등학교에서 긴 세월 화젯거리였다.

세월은 흐르고 경화역은 두 칸짜리 전동차가 달렸고, 그러던 어느 날 역은 또다시 공원으로 변했다. 그때 달리던 불통들과 철길은 녹슬고 외롭게 남아 있다.

역 앞뜰의 100년 벚꽃나무 둥치들은 봄비에 젖은 채 검고 또 검은색을 발하고 있다. 그렇다. 나무의 본체는 둥치에 있으며 그곳에 나무의 혼이 깃들어 있다. 고갱의 말이 옳다. 벚꽃 잎은 비에 젖은 채 낙화를 계속하고 있었다.

적군인가 아군인가

　　　　　얼마 전 산속 외딴길에서 한 남자와 스쳤는데 서로 간에 인사를 교환하지 못했다. 나는 스친 후 혹시 덮치러 올까 두려워 몇 번이고 뒤돌아보았다.

　외딴곳에서 사람만큼 무서운 것이 있겠는가. 그런 곳일수록 상호 간의 첫인사는 필수이다. 시공간의 어려움을 완화시키니 상호 간을 위한 것이다. 사교장의 사람들은 첫 만남부터 인사로 시작하고 인사 속에서 승패가 결정된다.

　나는 외딴곳이 아니라도 사람과 스치면 눈인사를 보낸다. 그런 스타일이며 그렇게 하지 않고는 불안해진다. 생각해 보니 상대방을 파악하기 위함이었다. 인사한 후 스치면 상대방의 미소 짓는 그 표정을 확인하므로 상쾌해진다. 길거리를 걸어도 남들보다 바쁘지만, 얻는 것도 많다.

　한번은 언덕길을 오르면서 한 중년 남자와 맞대었다. 좁은 오솔길에서 나는 먼저 인사를 던졌다. 그는 놀랍도록 반갑게 답해

왔으며 우리 둘은 금방 말동무가 되었다. 그는 계속 웃고 있었다. 둘은 땅바닥에 주저앉아 시간 가는 줄을 모르게 한바탕 지껄였다. 마치 오랜만에 만난 친구 같았다. 얼마 후 헤어지고 그는 큰 소리로 노래를 부르면서 하산을 재촉했다. 나는 오르던 길을 계속 갔으며 힘이 솟았다. 작은 눈인사가 굳었던 가슴을 열어젖히게 했고 오랜만에 말설사를 해 속이 후련했다.

나는 말을 잘 하지 않는 편이다. 직업마저 남의 말을 듣는 직업이다. 말수가 적어졌고 항상 억누르고 산다. 오늘도 내일도 마냥 그렇게 이어질 것이라 답답하다. 그러나 이날 오후 이곳 산에서는 실수할 만큼 말을 많이 했다. 나는 그에게 억압된 감정들을 스스럼없이 발산했으며 그는 미소 지으면서 받아주었다. 산속에서 건넨 한 작은 인사가 만들어낸 우정이었으며 우리 둘은 그렇게 헤어졌다. 사람은 말을 해야 되고 그러기 위해서는 사람을 만나야 한다.

서양 사람들은 멀리서도 손짓하고 인사한다. 그토록 애써 인사를 나누는 이유가 있으니, 그들은 개척 역사를 지닌 민족들이다. 황량한 서부 개척지에서는 사람끼리 스치면 적의敵意 파악이 최우선이었다. 생존법칙 제1조 제1항이다. 모르는 사이끼리 마주쳤을 때 눈인사라도 하지 않고는 적의를 어떻게 파악하는가. 만약 적군이라면 먼저 인사하는 자가, 권총 대결이면 먼저 총을 뽑는 자가 승리한다.

동서고금을 막론하고 인사는 만사이다. 먼저 인사하는 자가 승리한다. 계급사회에서도 상관이 먼저 경례하면 하급자는 허겁지겁 따라하게 되고, 하급자는 다음 만날 때면 먼저 인사하게 된다.

첫인사와 악수는 자신이 지닌 겸손, 양보, 베풂, 존경 그 모두를 전달하며, 적군인가 아군인가마저도 금방 알아본다. 가장 짧은 시간 안에 모든 것을 알게 된다.

바쁜 세상, 인사가 만사다.

한더위와 백일홍

　　　　　　　백일홍 앞에 서면 힘이 솟아난다. 한여름 뙤약볕 아래서 내내 피어나고, 아직도 피어날 봉오리들로 가득하니 한여름은 백일홍이 왕이다. 바라보고 더 바라보게 하고, 힘이 솟는다.

　2024년 여름은 얼마나 더웠던가. 한낮의 거리는 마냥 고요하고, 숱한 사람들이 목숨을 잃었다. 고약한 더위, 나는 농장에서 땀에 젖고 탈진하여, 일사병에 걸리기 직전이었다. 발작할 것만 같았고 생전 처음 느껴보는 불안정이었다.

　남쪽 나라에는 '아모크Amok' 라는 병이 있다. 한더위를 견디는 도중 발작을 일으키는데 고함을 지르면서 통제 불능의 과격한 행동을 한다. 몇 분 동안 지속되고 본인은 느끼지 못하며 그 사이 끔찍한 사고를 낸다. 그런 후 아무 일도 없는 양 정상으로 돌아오니 희한한 병이다. 다행히 우리나라에는 이런 병이 없다. 하지만 한더위에 시달리니 안절부절못하게 되고, 뛰쳐나갈 것

같으니 그런 병이 우리나라에 온 것 아닌가도 싶다. 나는 일사병에 안 걸려 보았지만 그때 내가 그 직전이었던 것만은 확실했다.

잠시 그늘 아래에서 쉬고 있었다. 고양이와 함께 눈을 감았다 떴다 하면서 축 처져 있었다. 바로 이때 마당에 핀 백일홍이 바라보였다. 작은 잎새들 틈바구니에서 간신히 피어난 듯, 그러나 바라보니 꼿꼿하게 피어 있었다. 눈이 번쩍 뜨였다. 순간 벌떡 일어나서 나무 앞으로 다가갔다.

키 높이의 백일홍 꽃은 하얀색, 남홍색, 연분홍색이 어울려 피었고, 작고 좁은 잎들이 굳건하게 받치고 있었다. 화려하지도 않으며, 그러나 마냥 굳건하게 펼쳐져 있었다. 수술마저 꼿꼿하게 솟아 있으니 뜻하는 바가 깊고 높다. 백일홍, 모르는 꽃은 아니지만 그날따라 더욱더 강건하게 다가왔다. 나무 밑 잡풀들은 일제히 시들고 땅바닥은 말라 터지고 햇빛은 점점 더 강렬한데 백일홍은 어찌하여 저토록 강렬하게 피어났는가. 이 한더위 아래 또 무슨 일을 벌이려나. 4월의 벚꽃은 화려해서 좋고 10월의 국화는 잃었던 용기를 되찾게 해주며, 한여름의 백일홍은 죽은 자들을 불러일으킨다. 바로 이 순간 나는 벌떡 일어섰으며, 하던 일을 계속했다.

나는 남들마냥 훌륭하지도 풍족하지도 못하다. 열등감으로 가득하다. 그런 나머지 일을 열심히 한다. 그것이 나의 보람이다. 여름은 나의 블록버스터 계절이며 백일홍이 함께해 준다.

그날 오후 농장일은 이렇게 끝이 나고 차에 올랐다. 백일홍이 뒤편에서 작별 손짓 하고 있었다.

아, 저 백일홍. 이 뙤약볕 아래 100일을 피니, '백일주', '백일장 글짓기', '출생 100일 기념일', '100일 기도', '100일 승천', '19세기 나폴레옹의 100일 천하' 등등이 마구 떠오른다.

어떤 미소

얼마 전 일차선 교행도로에서 양보 운전을 했다. 그 젊은 여인은 스치면서 미소를 보내왔다. 나는 기분이 좋았으며 그다음부터 양보 운전을 계속했다.

양보 운전은 어렵다. 먼저 도착한 차는 선취득권을 행사하므로 양보하려면 작심하고 해야 한다. 사람들은 양보 운전 표지판을 바라보면서도 양보하지 않는다. 양보 안 해도 법규 위반이 아니다. 양보 운전 표시판이 없는 지점에서는 물론 안 한다. 상대방을 배려하고 존중하는 자세가 없어서이다. 양보 운전을 한번 해보라. 별것 아니지만 즐거움은 엄청나게 크다. 그리고 일석이조의 효과를 거둔다. 양보받은 사람은 양보한 사람보다 더 즐거우며 그가 또다시 양보 운전을 하게 되므로 세상은 한 발 더 나아간다.

인간은 무한의 경쟁심을 지닌 동물이다. 그것은 자신의 성숙을 넘어 인류 진화의 근간이다. 하지만 자동차 운전만은 경쟁하면 안 된다. 거리와 시간을 단축해 주고, 인류로 하여금 즐거움을 선사하는 것, 그것으로 대만족해야 한다.

우리나라는 자동차 사고가 OECD 국가 중의 금메달이다. 1년에 4,000명 이상이 목숨을 잃는데, 더 놀랄 일은 2등하고 편차가 엄청나다. 천재지변이 나고 사람 몇 명만 죽어도 야단인데 차 사고는 말이 없으니, 어쩌면 좋겠는가. 오늘 살아 있는 것은 살아 있는 것이 아니다.

우월감이 자동차 사고를 부추긴다. 사람들은 대체로 열등감에 사로잡힌 채 살아간다. 열등감 해소는 쉽지 않으며 운전을 통하여 왕왕 발산한다. 가장 쉽고 가장 효과적인 방법이다. 가속페달만 밟으면 한순간에 우월해진다. 그런데 문제가 있다. 스스로의 교통사고는 제쳐두고라도 다른 운전자들에게 갖가지 위해를 입힌다.

나는 흰색 차를 좋아한다. 검은 차는 권위를 자랑하는 듯해서 기분이 안 좋다. 관용차는 대체로 검은색이듯 민간인들의 검은색 선호 역시 권위감이 깃들어 있어서이다. 문제는 이런 권위감은 자칫 오만할 수 있으며 자동차 사고를 유발한다. 추월하고, 과속하고, 갖가지 비합리적인 권위를 발휘한다. 양보 지점에서는 양보받기를 원한다. 내 자신이 검은 차 선호가인지 뒤돌아봐야 한다. 그리고 또 있다. 터무니없게 고급 차를 선호하지 말라. 부러워하는 게 아니라 얕잡아 본다.

아침 출근길에 신호등 없는 사거리는 무법천지다. 꼬리에 꼬리를 무는 차들 때문이다. 기다리는 사람만 바보가 된다. 선진국 사람들이 우리나라에 오면 제일 먼저 느끼는 꼴불견들이다. 본인들은 스스로가 꼬리 무는 운전자임을 모르는가, 아는가.

양보 운전은 미학이다. 상대방을 존중하는 인격 속에서 우러나는 행위들이다. 양보 운전을 하는 그는 듬뿍 미소 풍기는 '국제 신사' 요, 사회적으로 최상급 인물들이다.

승강기를 기다리는 여인

　　　　한 중년 여인이 승강기를 기다리는데 여
간 멋지지 않다. 이곳 승강기는 다섯 대가 나란히 있는데 그는 1
호기 앞에서 기다리고 있었다. 멀찌감치 선 그 모습이 너무도
세련되어 보였다.

　나는 발길을 멈추고 그녀 옆에 서서 함께 승강기를 기다렸다.
그녀는 50대 정도로 키가 크고, 큰 몸집에다 매력적인 여인은
아니었다. 평범한 얼굴에 보통 옷차림이었으나 차분하게 승강
기를 기다리는 모습이 여유로워 보였으며 유별나게 1호기 앞에
만 서 있는 것이 더 멋있어 보였다.

　사람들은 승강기를 타러 오면 어느 것이 더 빠른가 하면서 왔
다 갔다 한다. 나 자신도 그렇게 했으며 조금도 이상하다고 느
끼지 않았다. 그런데 어느 날부터 그 행동이 멋쩍어 보였으며
그때부터는 애써 1호기 앞에서 기다리기로 했다. 오늘 그 1호기
앞에서 그 여인을 만난 것이다. 같은 뜻의 승객을 만난 것이 기

뺐다. 동료들은 승강기를 탈 때마다 1호기 앞에서만 왜 기다리느냐면서 핀잔을 주는데 내 눈에는 어느 것이 빠른가를 알아보면서 왔다 갔다 하는 것이 더 촌스러워 보였다.

나는 하루 일정이 대체로 바쁘다. 승강기 기다리는 것조차 시간이 아깝다. 아니 갑갑해서 기다리기 싫다. 하지만 어느 때부터인가 1호기 앞에서만 기다려 보니 처음은 지겨웠지만 점점 여유로워지는 모습을 스스로 느꼈다.

여인들의 매력은 잘생긴 얼굴에다 세련된 복장이 말한다. 나역시 긴 세월 그런 삶을 살았다. 하지만 언제부터인가 지성미를 찾아 헤매게 되었으며 1호기 앞에서 승강기를 기다리는 이 중년 여인이 바로 그런 여인이었다.

지성인이란 사물을 바라볼 때마다 알고자 하고 생각하고 그런 후에 판단하고 행동하는 사람을 일컫는다. 이 여인의 승강기 기다리는 모습에는 지성이 넘쳐흐른다. 즉각적인 욕구를 억제하는 모습에는 지성미가 가득하다. 한 가지를 보면 백 가지를 짐작하듯 그는 매사를 초연하게 대응하리라. 나 역시 지금 이 여인을 벗 삼아 기다리는 훈련을 하고 있다.

때마침 40대의 잘 차려입은 한 여인이 승강기 앞에 나타났다. 그는 우리 둘이 기다리고 있는 1호기 앞을 지나 2호기 앞으로 다가가 곧장 상행 버튼을 눌렀다. 그러고는 3호기, 4호기, 5호기를 순서대로 눌렀다. 그런 후에 그는 1호기 앞으로 달려왔으며 바로 그때 1호기가 도착했다. 그는 손님이 내리기도 전에 올라

타 버렸다. 승강기가 위층으로 움직이기 시작했을 때 그 여인을 바라보았다. 미인이었다. 하지만 미인이 아니었다.

승강기는 기다림의 기계이다. 그 기다림은 짧은 시간이며 반드시 성취된다. 기다림의 멋, 그것을 1호기 앞의 여인으로부터 배우고 있다.

마법의 나무 향기

어느 여름날 오후 또다시 숲을 찾았다. 그 숲은 편백숲이며 나의 불면증을 달래준다. 이론은 알 수 없고 무조건 찾아가며, 가기만 하면 기분 만점이다.

나는 불면증을 앓고 있다. 그것은 외인성이 아닌 내인성이다. 20대 때부터 우연하게 생겼으며 약도 그 무엇도 소용없는 악성 불면증이다. 50~60년이 지난 어느 날 홀연히 호전되는 느낌을 경험했으니 다름 아닌 편백 숲속에서 나무 향기를 맡은 후였다.

우리 집 마당은 향나무가 많다. 봄날 전지 작업에 몰두한 날은 잠이 잘 왔다. 그때부터 틈만 나면 나무 전지하고 숲속으로 향한다.

나무는 각자의 향기를 지녔다. 그중 향나무과의 향기가 유별나다. 흔히 피톤치드라고 하는 것이며 몸에 유익하다고들 말한다. 향나무과를 전지하면 황갈색 액체가 엿보이는데 그 향기는 맡으면 맡을수록 더 맡고 싶어지고 아편인 양 열중하게 되니 피톤치드라 했다.

피톤치드는 학술적 이론이 분분하다. 편백숲이 많은 일본에서 피톤치드에 관심이 높았다. 면역력과 순환계를 증진하고 세로토닌과 도파민 분비를 촉진하여 우울증에 유용하다는 평판이나 있다. 불면증은 우울증이 원인이며 우울증 치료가 곧 불면증치료이기에 나의 경우 편백숲이 유효하다는 뜻이다.

편백 숲속은 특별하다. 숲은 햇빛을 완전하게 가리고, 그 아래는 풀 한 포기도, 새소리도, 풀벌레 소리도 없고 오로지 고요뿐이다. 괴롭히는 개미 한 마리 없고, 모기도 찾아볼 수 없다. 여름 내내 이런 곳이 또 있는가.

편백숲은 바람 소리가 유별나다. 휙 불어오는 바람은 한순간에 '우' 하면서 소리를 내니 그토록 무겁고 깊다. 그럴 때마다 이 생각에서 저 생각으로 주제를 바꾸고 생각은 계속된다. 나무 향기와 바람 소리 덕분이다. 외롭고 몸 아픈 사람들은 편백 숲속으로 오라. 바람은 변함없이 불어오고 나뭇가지들은 스타카토인 양 사근사근 소리를 내고 마음은 어느덧 고요해진다.

몸 자세는 옆으로 앞으로 꾸부러진 채 앉아 굼벵이 같다. 그러나 불편함을 느끼지 않으니 요가의 자세인가. 생각마저 이 생각에서 또 다른 생각으로 끊임없이 이어가게 하고, 그러고도 이 불편한 자세는 아무 탈이 없다. 바람 소리에 귀 기울여서인가.

세상에 병도 많고 치료법도 많건만 우울증과 불면증의 자연요법은 편백숲이 최고이다. 그 향기를 추천한다.

그 여인의 봉사

　시장통에서 생선 파는 한 여인은 양로원을 찾고 할머니들을 목욕시킨다. 그는 봉사할 여력이 없어 보이는 아주머니이건만 10년째 봉사를 계속해 오고 있다.

　그는 생선을 파는 노점 아주머니이며 새벽부터 바쁘다. 이른 아침 어판장으로 향하고, 생선을 구입하면 노점으로 돌아오고, 하루를 보내는 일이 시작된다. 단골손님을 치고 나면 해가 중천에 뜨고 그때서야 이웃 장사하는 여인들과 아침 식사를 한다. 별 보고 나온 걸음, 별 등지고 돌아오면 기진맥진한다. 그런데도 잠을 잘 못 자고 수년째 고생하고 있었다.

　그는 양로원 봉사를 10년 넘게 하고 있다. 한 달에 하루 쉬는데 그날은 양로원으로 향한다. 한번 가면 10명쯤 목욕을 시킨다. 남들은 목욕 봉사를 꺼린다. 거동이 불편하고 협조가 안 되니 애를 먹는다. 온몸이 함께 젖고 겨울이면 더더욱 힘들다. 하지만 자초한 봉사이기에 그는 열중한다.

그에게는 남다른 슬픔이 있었다. 5남매 중 장녀인 그는 일찍이 어머니를 여의고 동생들 뒷바라지와 아버지 봉양을 하며 갯마을 중학교를 겨우 마쳤다. 서른 살이 가깝도록 이웃 동네 자동차 부품 공장에서 일했고, 그 후 중매 결혼으로 두 아이를 두었다. 서른 살 때부터 이웃 장사하는 아주머니의 안내로 생선 장사를 시작했으며 그동안 고생들을 숱하게 했다. 관광버스 타고 야외놀이 한 번 간 적도, 가족 여행 한 적도 없었다.

그는 봉사가 즐거웠다. 처음에는 남 따라 봉사했으며 별생각이 없었다. 하지만 점점 재미가 나는 자신을 발견하고 더 열을 내기 시작했다. 이젠 안 가고는 못 견딘다.

사람의 마음속엔 당초부터 봉사 정신이 깃들어 있다. 원초적인 사랑으로 풀이되는, 봉사의 내재된 본능 같은 것들이다. 하지만 이곳 아주머니는 별난 사랑이었다. 어릴 적에 사랑받지 못했으며 그런 상처들이 그로 하여금 베풀게 했다. 뼛속에 저린 사랑의 갈구였다. 봉사라는 이름으로 귀속되었으며 그것은 그를 고귀한 존재로 빛나게 했다.

그의 마음에는 일찍 떠나버린 어머니에 대한 그리움이 있었다. 단골손님 모두가 나이 많은 아주머니들인 이유가 있었다. 그는 왠지 할머니들께 마음이 끌렸으며 항상 최선을 다해 친절을 베풀었다. 어머니 대하듯 했다. 이런 마음들이 양로원의 할머니들을 돌보는 마음으로 승화된 것이었다. 사회적 의무감 같은 것이 아닌 마음에서 우러나는 봉사였다. 그는 봉사의 날을 기다리게 되었으며 그날 그 시간에는 어김없이 양로원에 도착해 있었다. 진정한 봉사는 조건이 없다.

　나는 그곳 생선가게 단골이다. 집사람과도 우정이 깊다. 아주머니는 해가 갈수록 더 열심히 일하고 양심과 성심으로 장사한다. 단골들에게 믿음을 선사하고, 언제 어느 때고 자신만만하고 자애감이 넘쳐흐른다. 생선 몇 마리 놓고 장사하는 사람 같지가 않다. 어느덧 새 아파트로 이사 가고, 이래저래 찬란한 현실을 맞이하고 있다.

5관 공원

산모퉁이 잔디밭에 한 여인이 누워 있다. 그는 누운 채 5관 기능을 마음껏 발휘하고 있다. 그 모습, 참 멋지다. 5월, 연둣빛 나무들은 푸르름을 더해가고 나는 이웃 동산으로 향했다. 황금빛 종달새가 쉼 없이 지저귀고 그 길 한 곳에 자리 잡고 누웠다. 그 여인이 바라보이는 자리였다. 그는 여전히 누워 있었다. 나 역시 눕고 보니 세상이 딴판이다. 한 뼘 여백 없이 빽빽하게 늘어선 소나무 숲은 의외로 따로따로 서 있으면서 하늘이 훤하게 바라보인다. 바쁘게 달려가는 구름도 바라보인다. 참 멋지다. 숲과 하늘은 누워서 바라봐야 한다.

잡풀들을 베개 삼아 비스듬히 누웠다. 풀들이 얼굴을 간질여 차라리 귀찮게 다가온다. 대신 부스럭거리는 잔디 소리가 감미롭게 들려오고 귀를 기울이게 한다. 그뿐만인가. 뭉클 땅 내음이 솟아오르고, 나도 모르게 입맛을 다신다. 아, 이곳이 바야흐로 '5관 공원(Five Sensory Garden)' 이구나.

때마침 영달래(늦게 피는 진달래)가 만발했다. 이 계절에 이곳에서만 보이는 귀한 꽃이다. 나는 행운아인가. "길게 누운 저 여인을 위하여"라면서 한 송이 꺾는다. 잠시 생각했다. 저 여인이 꽃을 받아줄까. 거절하면 어떻게 하지. 나는 곧장 다가갔으며 "○○○라는 사람인데요." 하면서 꽃을 내밀었다. 그는 슬그머니 일어나 앉았으며 싫은 표정은 아니었다. 조였던 마음이 놓였다.

"저는 이곳으로 오면 힘이 솟아나요. 보십시오. 저 연둣빛 잎사귀들을. 그리고 깔고 누운 이 잔디들, 얼마나 좋습니까. 셰익스피어는 '봄철 잔디 위에서 한숨 자면 수십 첩의 보약을 먹은 것보다 낫다'고 했어요." 그는 고개를 끄덕였다. 그런데 피부는 새싹마냥 여리고 창백했다. 어디 아픈 사람일까. 잠시 머뭇거렸으며, 그사이 우리 둘은 마음이 편안해졌다. 어느덧 이유일유 2由1有가 된 듯하다. 어디선가 만난 사람처럼 느껴지니 '데자뷔' 현상인가, 아니라면 억겁 년 전의 부부였을까.

해는 기울고 이따금씩 솔바람이 불어온다. 낮은 음의 바람 소리, 때로는 휙 불어오면서 금속 소리를 낸다. "아, 이 바람 소리들!" 우리는 지금 바람 소리 교향악단의 교향곡 피날레를 듣고 있다. 이곳에서 그와 더불어 용기가 솟아나고 새로워졌다. 그역시 이 늙은이의 주책을 젊은이 대하듯 해주고 있었다. 이 인연은 이곳 5관 공원이 안겨준 위대한 선물이었다. 하산 길의 석양은 두 사람의 긴 그림자를 뒤따르고 있었다. 분명 새로운 발걸음이었다.

여권 분실 사고

분실 사고는 시시한 이야기다. 하지만 외국 먼 곳에서 여권을 분실하면 문제가 달라진다. 나는 방콕에서 여권을 강취당했으며 3일간을 꼼짝달싹 못 했다.

우리 일행은 방콕공항에 내렸다. 검은 정장을 입은 젊은이들의 호객행위는 예사롭지 않았으나 성공적으로 물리치고는 호텔 로비에 도착했다. 잠시 커피숍에 들렀는데 바로 그 순간에 핸드백을 강취당했다. 번개처럼 민첩하고 귀신같이 사라졌다. 호텔 로비에 두 젊은이가 얼쩡거리고 있었는데 그놈들의 소행이었다. 핸드백에는 여권과 가진 것 모두가 들어 있어 보통 일이 아니었다.

그날은 토요일 오후, 대사관은 쉬는 날이었다. 일행들은 도착하자마자 패키지 여행길에 오르고 우리 부부는 덩그러니 호텔에 남았다. 월요일까지 호텔에서 썩는 길뿐이었다. 방으로 올라와 침대에 누워 곰곰이 생각했다. 월요일까지 어떻게 시간을 죽일 것인가. 만약 월요일에도 여권을 교부받지 못하면 어떻게 하냐. 온갖 잡생각들로 미칠 지경이었다.

드디어 시간 죽이는 싸움을 시작했다. 다름 아닌 일거수일투족을 재촉하지 않고 느리게 움직여 보기로 한 것이다. 호텔 방에서 로비로 향했으며 최대한 천천히 걸었다. 재촉할 일이 없었으므로 가능했다. 호텔 로비에 이른 후 또다시 느린 속도로 로비를 몇 번 왔다 갔다 했다. 그런데 돌연 느리게 걷는 모습이 이상하게 느껴지고 남들의 시선이 의식되었다. 더 이상 지속할 수가 없었다.

현대인들은 slow and slow를 연발하면서 천방지축인 현대인들을 나무란다. 얼핏 매력 있는 단어이며 시도해 볼 만도 하다. 하지만 어떻게 하는 것이 느리게 살아가는 것인가. 마음으로 한다는 말인가, 아니면 행동을 느리게 한다는 뜻인가. 이것도 저것도 아니라면 일거리를 미루고 또 미룬다는 뜻인가. 나는 시간이 멈춘 듯한 황당함 속에서 시간을 보내고자 느리게 걷고 느리게 행동했으며, 결과적으로 그런 행위들은 스스로 용납할 수 없었다. 보는 이들에게도 크게 이상했으리라. 속절없는 정신병자였다. 마누라는 기절초풍하고, 나는 즉시 행동을 바로잡았다.

사람은 위기에 놓이면 나름대로 극복 방안을 모색한다. 그것이 비정상적이고 비현실적인지 따질 겨를이 없다. 하지만 지도계층이라면 이럴 때일수록 초연해야 하며 정상 범위를 벗어나면 안 된다. slow and slow는 차분하고 여유롭게 생각하고 처신

하라는 뜻이리라. 나는 그 이후 호텔 로비에서 웨이터를 향하여 왜 그런 강도들을 불러들이느냐고 불평했으며, 그것으로 나의 분실은 끝이 났다.

세상사는 규범 사회이다. 분실 사고는 사고일 뿐, 책임은 나에게 있으며, 이것이 slow slow 삶이다.

월요일 아침, 우리 부부는 아무 일도 없는 양 대사관으로 향했으며 여권을 발부받고 관광 패키지에 합류했다.

트래픽 브레이크

편도 5차선 도로 위를 120km로 달리던 차들이 갑자기 속도를 시속 5km로 줄인다. 크게 놀라면서 바라보니 트래픽 브레이크 조치였다.

샌디에이고행 5번 고속도로의 하행선 5차선 도로는 각종 차량들로 가득 찬 채 제각기 달리고 있었다. 바로 이때 비상등을 켠 경찰 백차 한 대가 나타나고 지그재그로 차를 몰면서 달려가는 차들을 모조리 정지시켰다. 경찰의 트래픽 브레이크traffic break 발령이었다.

이 조치는 보이지 않는 전방 고속도로 한편에 큰 교통사고가 나서 더 이상의 사고를 예방하기 위함이며, 또는 정체가 격심한 나머지 잠시 소통을 원활하게 해주고 운전자들의 스트레스를 덜어주기 위한 교통경찰의 일방적인 조치이기도 하다. 차들은 한순간에 정지하고, 전방의 고속도로는 훤하게 뚫려 운전자들 속이 시원하다.

트래픽 브레이크는 처음 경험하는 일이었다. 너무 신기했다. 미국에 자주 오는 것은 아니지만 왔다 하면 남북이나 동서고속 도로를 달리고 어떤 때는 하루 종일 차를 타는데, 이런 장면은 처음이었다. 일행 중 한 사람은 미국 서부 대도시에 사는데 그 이마저 말만 들었을 뿐 처음이라고 했다.

인터넷을 뒤져보니 우리나라도 이 법령이 있었다. 2016년에 제정되고 법명은 여전히 미국말 그대로를 쓰고 있었다. 적당한 국어가 없는 듯하다. 나는 우리나라에서 경험한 적도 들어본 적도 없었다.

일행은 차 안에 앉은 채 트래픽 브레이크를 기다리고 있었다. 나는 조금도 지루하지 않았고 옆 차들도 바라보니 여유만만 하고 짜증스러워 보이질 않았다. 경찰 덕분에 바깥 구경도 하고, 내리막길 아득하게 텅 비어버린 고속도로를 바라보는 것도 여간 흥분되지 않았다. 생전 처음 보는 텅 빈 고속도로였다.

나는 가끔씩 주말에 부산을 가는데 어찌나 막히던지 짜증 나고 감당이 불감당이었다. 한 시간 거리의 부산이 무려 세 시간이 걸렸다. 오만 정이 떨어졌다. 그럴 때 트래픽 브레이크라도 발령해 준다면 얼마나 좋을까.

트래픽 브레이크가 계속되고 있다. 텅 빈 5차선 도로가 새삼 더 넓고 더 여유롭게 다가온다. 자세히 보니 아지랑이가 수없이 일렁거리고 있었다. 엄청나게 타오르고 있었다. 옛날 우리 집 앞 신작로의 그 아지랑이였다. 저 아지랑이는 왜 생기느냐면서 어머니에게 물었다. 어머니는 "그래 네 눈에는 더 확실하게 보이는구나. 왜 생기는지는 나도 모른다."고 했다. 그런데 오늘의 저 5차선 위의 아지랑이는 얼핏 선녀들이 춤을 추면서 하늘로 오르는 듯 바라보인다. 신기하게 확 뚫린 고속도로, 미국에서나 볼 수 있는 광경이었다.

트래픽 브레이크는 끝이 나고, 차들은 속력을 내기 시작한다. 크게 신났다. 그 아지랑이들은 한순간에 사라지고 빨강 파랑의 불빛을 발하던 백차는 길옆에 서서 안녕을 고하고 있었다.

꿈속의 꿈

　　　　　이 이야기는 꿈속에서 또 꿈을 꾼 이야기다. 꿈속에서 친구를 만나고 있는데 그 꿈속의 삶 속에서 또 꿈을 꾸었으며 그때는 그 친구가 웃고 있었다.

　그 친구는 처음의 꿈속에서는 한마디 말도 없이 지나가 버렸으며 저 친구 왜 저러냐면서 실망하고 있었는데, 그 꿈속에서 다시 꿈을 꾸니 그때는 환하게 웃으면서 다가와 말할 수 없이 상쾌했다.

　꿈속의 그 친구는 실존 인물이다. 중고등학교 6년 동기 동창이며 인상이 좋고 친구들이 많았다. 그는 대학 졸업 후 군인이 되었고, 육군 대령으로 연대장을 지냈다. 그 친구 성씨는 서씨였으며 우리 사이에선 '서 장군'으로 통했는데, 반세기가 지난 어느 날 그가 꿈에 나타난 것이었다.

　꿈은 무의식의 언어이다. 마음속에 깊이 새겨진 일이 꿈속에 나타난다. 비밀, 갈등 등등 숨겨놓은 것들이며 꿈속에서 문제를 해결해 준다. 꿈의 고마움은 말로 다 못 한다. 꿈을 못 꾸면 불만이 해결 안 되고 쌓이고 쌓이며 끝내 미쳐 버린다. 조물주의 고마움이다. 옛날 공산주의자들은 꿈을 못 꾸게 하고 정신이상자로 만들었던 역사가 있다. 세뇌 공작이라는 것이다.

꿈은 꼬이고, 변질되고, 농축되므로 해몽이 어렵다. 숱하게 꾸는 꿈, 그 모두는 해몽이 안 된다. 사람들은 아는 듯 모르는 듯 꿈속에서 많은 것이 해소되므로 고마운 일이다. 이번 나의 꿈은 어린이들의 개꿈 수준이며 해몽 따위는 문제가 아니다. 꿈속의 그 친구는 나의 무표정과 갈망하는 미소를 대신 표현해 주고 있었다. 나의 평소 꿈은 악몽이듯 첫 번째의 꿈은 역시 악몽이었다. 그러나 꿈속에서 꾼 또 다른 꿈은 길몽이었다.

꿈속의 꿈은 특별한 경우이다. 무엇인가 사건이 위중하고 정신적인 충격이 상식 이상으로 심각하고 감당이 불감당일 때 꿈속에서 또다시 꿈을 꾸게 하여 해소시켜 준다. 창조주의 위대한 선물이다. 나는 언제부터인가 표정이 굳어 있고 인상마저 고약해져 있다. 고민하는 삶을 이어가니 가히 죄인 수준이다. 고쳐 먹고자 노력하지만 잘 안 되고 꿈마저 악몽이다. 고통의 나날들이었다. 그러던 어느 날 꿈속에서 꿈을 꾸게 되었으며 그 이후로는 세상이 딴판으로 변해가고 있다. 즐거움이 연속되고 살맛이 난다. 아침에 일어나고 출근해서도 계속 즐겁다. 서울의 그 친구에게 전화를 걸고 꿈꾼 이야기를 한다. 그는 '좋은 친구가 장수의 비결'이라 했다.

2부

의사의 일요일

의사의 일요일

한 노파가 무릎 수술을 받고 며칠 안 된 어느 날, 손자를 못 알아보고 누군가가 은행 통장을 훔쳐갔다면서 야단 굿을 내었다. 나는 스스럼없이 치매증으로 진단했다. 가족 중 간호사 한 사람도 그렇게 생각했다. 그러나 며칠 후 깨끗하게 나아버렸으며 치매증이 아니었다.

의사는 오진을 더러 한다. 증상과 현상이 비슷하면 경험 많은 의사들도 오진한다. 그러나 치매증은 오진하는 병이 아니다. 나이 많은 사람이 수개월을 두고 기억력이 나빠지면 이유 여하를 불문하고 치매증이다. 그 어떤 증상들이 겹치고 아니고와는 상관없이 치매증은 치매증이다. 그런데 이 노인은 무릎 수술을 받고, 잠도 못 자고 식사도 못 하던 중에 기억력이 나빠졌으며 그 하나만으로 나는 치매증으로 진단했다. 치매증은 그토록 급성으로 오는 병이 아니다.

나의 오진은 이러했다. 그날은 월요일이며 격심한 '월요병'

에 시달리고 있었다. 일요일 온종일 농장에서 일하고 월요일 책상머리에 앉았는데 죽을 맛이었다. 진료 중에 졸기도 했으며 그런 와중에 오진하고 말았다. 피곤할 때면 피곤을 달랠 생각뿐 다른 것들은 생각하지 않는다.

의사는 언제나 100% 이상 집중하는 자세를 유지해야 한다. 환자의 생명을 다루는 직업이기 때문이다. 어물쩍 적당히 넘어갈 수 있는 직업이 아니다. 일요일은 한 주일 동안의 피로와 스트레스를 푸는 날이며, 의사에게 그날은 푹 쉬고 내일의 진료에 임하라는 날이다. 일요일에 기회가 왔다면서 놀이터로 다가가 마음껏 뛰놀면 그다음 날은 환자에게 무리가 간다.

오래전 서울에서 벌어진 일이다. 환자를 바꿔치기 수술을 하고, 분만실의 아기가 바뀐 일이 있었다. 엄청난 사건이며, 국가적 문제였다. 어찌하여 그와 같은 일이 벌어졌을까. 서울 대형 병원의 접수창구, 검사실, 수술실, 입원실, 간호사실은 1년 내내 업무가 폭주하고 눈코 뜰 새 없이 바쁘다. 그런 나머지 벌어진 일이었다. 바쁘면 타성마저 발현되고 대충 넘어가므로 실수하기 마련이다. 사고가 난다.

오늘날 대한민국의 비틀어진 의료정책이 오진을 부른다. 감기 환자가 최상위 대학병원에서 치료받아도 무방하도록 제도화되어 있다. 그다음 문제는 의료 수가가 터무니없이 저렴하다. 이런 연유로 병원들은 미어터지고 환자에게는 대충대충 넘어간다. 결과적으로 그 피해는 환자 몫이다.

대형 병원은 피상적 진료가 횡행한다. 우리나라 대형 병원의 외래환자 평균 진료 시간은 5분대이며 하루 100여 명 이상을 진료하고, 그 정도 해야만이 수지가 맞아간다. 서양 문명국들은 환자 한 사람을 두고 몇 시간씩 매달리고 최선의 길을 모색한다. 정부는 그렇게 하도록 뒷받침하고 있다. 우리나라의 이 같은 의료제도는 세상에 없다.

정신력은 한계가 있다. 업무는 정신경제 원칙 아래 이루어져 있다. 하는 일이 많고 벅차면 정신은 분산되고, 결정적인 순간에 최선을 다할 수 없게 되고 실수한다. 오늘날 대한민국의 의료제도는 1인 3역을 하도록 만들어져 있으며 정신경제 원칙을 크게 벗어나 있다. 실수는 당연한 귀결이다. 환자는 미어터지고 의료인들은 본인의 행적을 뒤돌아볼 겨를도 없다.

의사의 삶은 각별한 각오와 실천을 요구한다. 의과대학을 선택할 때부터 환자만을 위한 삶을 각오해야 하며, 의사가 되고 나면 그 약속을 촌치의 어긋남 없이 실천해야 한다. 환자와 더불어 살아가고 인격을 축적해 가며, 이렇게 함으로써 자존심은 높아지고, 존경받는다. 의료만이라도 유토피아로 나아감이 본래의 길이다.

바쁜 의사들이여, 쉬어라, 쉬어. 일요일은 무조건 푹 쉬어라.

소록도의 저녁 종소리

　　　　　　종소리가 들려온다. 소록도 교도소의 예
배당 종소리이다. 소록도는 몹쓸 병으로 유배 아닌 유배된 곳인
데 또 무슨 놈의 교도소란 말인가.

　그 병은 하늘이 준 병-천벌 받은 병이라 했거늘, 그것으로 모
든 죗값을 치른 것이다. 그런데 아니다. 어딘가에 숨어서 치료
받아야 되고, 사람들을 못 만난다. 병이 나아도 비틀어진 눈, 함
몰된 코, 사라진 손가락은 돌아오지 않는다. 그리고 또 있다. 병
이 나을 때까지 이곳 소록도에서 한평생을 보내야 한다. 그런
병을 고치는 곳 소록도에 또 무슨 놈의 교도소란 말인가. 죄를
지었다 한들 함께 치료받으면서 벌 받게 하면 안 될까.

　소록도는 전남 고흥군 녹동항구 맞은편에 위치한 제법 큰 섬
이다. 1917년 일제강점기에 설립된, 그런 병을 치료하는 섬이었
다. 환자가 많을 때(1941)는 6,000명 선이었고, 필자가 견학 때
(1960)는 4,000명, 2000년 그 이후는 500~600명 수준이었다. 현

재는 개방되어 있고 기념공원을 계획하고 있다. 녹동에서 다리가 놓였으며 무상으로 드나든다.

소록도 교도소는 섬 남서쪽 끝 절벽 위에 서 있다. 바람이 세차고 보이는 것은 망망대해뿐, 일본 압제 시절 북해도 북단의 조선 사람들 형무소 아바시리를 떠올리게 한다. 그곳 역시 문을 닫고 관광지가 되어 있다. 혐오 시설도 세월이 흐르면 쓸모가 있으니, 관광지가 된다.

이 병은 흉측하며 1948년 치료제 프로밍이 개발된 후 서광이 비쳤다. 오늘날은 법정 제2종전염병이 되고, 눈코 함몰 따위는 사라진 지 오래다. 외관상 식별되지 않으며 일상생활에 지장이 없다. 이곳 소록도 소장(보건복지부 차관대우)은 1950년대 우리 의과대학의 교수였으며 그곳의 이야기를 들려주었다. 전라남도 의과대학생들은 이곳에서 임상 실습했고 국내 의과대학생과 간호생들이 견학했으며 많은 이야기가 전해지고 있다.

의사들은 이 병명을 우리말로 하기를 꺼린다. 학술명 '레프로시'로 대신하고 의사들조차도 환자들과 가까이하지 않으며, 악수하기를 꺼린다. 그러나 나는 서슴없이 악수를 나누었다. 힘있게 더 꽉 잡았다. 그들은 자괴감을 숨기고자 안간힘을 쓰지만 악수하기를 바란다. 이 병균(항산성균)은 햇빛에 몹시 약하다. 금방 죽어버리고 전염성이 약하다. 좀체 병균이 옮겨오지 않으며 옮겨와도 10년쯤의 잠복기를 거치므로 드러나지 않는다. 병원 종사원들의 근속은 10년 이하로 정하고 있으며 다른 곳으로 전

근시킨다.

해는 서산에 걸려 있고 교회당 종소리가 또다시 들려온다. 옛날 법무부 교정의무관 시절 이곳 소록도 이야기를 들려주는 교도관이 있었다. 그곳 죄수들은 싸움질과 약속 불이행 등 약식 기소 형질이 주종이며 교도소는 철장도 담벽도 없다. 단지 섬 반대편 외딴 절벽 위에 서 있으며 치료받거나 용무가 있으면 소록도 본부까지 걸어가고 걸어오는 데 도합 40분쯤 걸린다. 그럴 바에야 다른 환자들과 함께 생활하면 안 될까?

환자들의 아우성이 들려온다. "선생님, 저는 그 병이 다 나았나요? 그렇다면 함몰된 코와 떨어져 나간 손가락은 왜 돌아오지 않나요?", "이래도 병이 다 나았다고 말합니까?"

서정주는 읊는다. "보리밭에 달 뜨면/ 애기 하나 먹고 …."

그 여아의 신음

그날은 일요일 오후, 병원 응급실 근무 중이었다. 손녀를 업은 할머니가 황급히 들어섰다. 할머니는 손녀의 그곳을 가리켰다. 바라보니 피가 마구 흐르고 있었으며 위급했다. 급히 외과 의사에게 연락하고 응급 봉합술을 실시했다.

사건은 이러했다. 다섯 살 손녀는 동네 뒤뜰에서 놀고 있었는데 스무 살쯤 된 남자가 다가와서는 밭모퉁이로 끌고 갔다. 얼마 후 비명 소리가 들려오고 아이는 기절한 채 피를 쏟고 있었다.

어린 여아들의 성적 피해는 작고 큰 것을 통틀어 5~6%(국내보고)쯤 된다면서 보고하고 있다. 높은 비율이며 가해자는 놀랍게도 50~60%가 친인척들이다. 어린이는 순종적이며 소극적이고 모르는 사람조차 잘 따른다. 그것을 빙자하여 어른들은 나쁜 짓을 저지른다. 그들은 성도착증 환자이며 스스로 치료를 거부한다. 사회적으로 배척해야 할 사람들이며 미래사회를 위하여 영원히 격리되어야 할 존재이다. 금기 정신과 일반 금기(토템과 터부) 의식 그리고 윤리의식이 결여된 사람들이다. 동성애나 가학증과 자학증 따위의 성변질자는 성인들을 대상으로 하기에 그나마도 양호한 편이다. 세상은 동성끼리 결혼을 하고 어느 정도는 수용한다. 그러나 소아호기 변질자들은 용서할 수 없으며 용서해서도 안 된다.

성도착증의 원인은 아주 어린 시절, 다섯 살 전후 때로 내려간다. 이 시기의 남자애들은 어머니에게 애정-사랑 같은 것을 느낀다. 성장 과정 중 최초로 나타나는 이성적 사랑의 느낌이며 정상적인 심리이다. 관념적 성적 충동이며 이때 아버지는 성적 라이벌이 되고, 아이들은 심한 삼각관계에 놓인다. 이름하여 오이디푸스 콤플렉스이며 이 콤플렉스가 성공적으로 해결되지 못하면 훗날 '성적인성 자아애자'가 된다.(프로이트) 아기 때 잘 키워야 한다.

어린이는 정신적 신체적 상처를 쉽게 망각한다. 사춘기 이전까지는 아무 일도 없는 양 잘 넘어간다. 성장 과정 중이며 잘 커가라는 창조주의 선물이다. 그러나 사춘기를 맞이하면 지난날의 상처가 마술처럼 되살아난다. 여러 가지 정신 증상들이 나타나기 시작하고, 2차적 성 특징의 발현과 함께 몸에 대한 관심이 고조되고, 이때 지난날의 성적 문제가 표층으로 나타난다. 나는 누구인가에 대하여 생각하게 되고 이럴 때 지난날의 상처가 되살아나고 혼란에 빠진다. 흔히들 사춘기 콤플렉스로 치부하지만 아니다. 어릴 적 성적 상처의 재현 현상이며 별도 성교육과 전문가의 도움이 필요하다.

어린이는 어린 시절 상처 없이 자라야 할 권리가 있다. 전적으로 부모와 어른들의 몫이다. 어릴 때 목욕시킬 때 몸을 지나치게 문지르지 말아야 한다. 성적 자극이다. 아버지는 큰소리를 내지 말고 매질도 하지 말라. 훗날 사춘기가 되면 그 모든 것들은 상처가 되어 되살아난다.

간접 살인

한 친구가 돌연 타계했다. 명이 다 된 죽음이 아닌 무관심해서 죽은 듯하여 가슴 아프다. 그는 2년 가까이 혼수상태였지만 잘 적응하고 나름대로 건강했다.

그는 뇌사성 혼수였다. 기관지 절개술을 하여 숨을 쉬고 경관 투여로 음식을 섭취했다. 운동신경이 완전하게 마비되었으나 심장박동과 호흡은 완전하게 정상이며, 배변과 배뇨는 인공적이지만 어려움이 없고, 체위 변경을 잘 지켜 욕창도 없었다.

세상은 뇌사자를 두고 의견들이 분분하다. 가족들은 점차 관심이 줄어들고 치료자들 역시 그저 그렇게 대하고, 모두들 치료에 임하는 자세가 뜸해진다. 깨어날 기미는 묘연하고 자연사를 기다리는 듯하다.

안락사의 조건은 까다롭다. 안락사 용어는 그리스어 'Euthanasia'에서 기원하였으며, 아름다운 죽음(mercy killing-자비로운 살해)을 뜻한다. 안락사는 치료 생명유지가 무의미하다고 판단되는 생물체에 대하여 본인의 동의하에 직간접적인 방법으로 고통 없이 죽게 하는 인위적인 행위를 말한다. 웰다잉 - 존엄사이며 혼수상태의 환자에게는 적용되지 않는다. 안락사는 스스로 결정한 죽음이라야 하며 의식이 없는 환자에게 안락사는 존재하지 않는다. 반자의적인 죽음이므로 윤리적으로 큰 죄악이며 명백한 살인 행위이다.

안락사를 허용한 나라는 네덜란드, 스위스, 벨기에, 캐나다, 미국, 호주 등이며 엄격하게 적용한다. 최근 네덜란드 전 수상 부부(94세)의 안락사는 세계적으로 보도되었으며, 웰다잉이었다고 평가한다. 외모가 추하게 늙었으며, 삶에 더 이상의 의미가 없다고 여겼던 것이다.

의지적 자의적 안락사 역시 논란이 적지 않다. 늙고 병들고 사회적으로 유용하지 않고, 용모가 전 같지 않고, 사회적으로 대우받지 못하고, 이렇게 살 바에야 맑은 정신이 있을 때 안락사를 택한다. 치매증도 아니요, 보행장애 등은 별개이며, 보통 사람들마냥 삶을 이어가는 사람들이다. 꼭 스스로 죽음을 택해야 하는가 토론의 여지를 남기는 사람들이다. 그러나 사람들은 그런 수준으로 살려면 차라리 안락사를 택하겠다면서 그렇게 죽어간다. 흔히들 노인성 우울증 같은 것을 떠올리게 하며 자살예방 같은 치료가 필요한 사람들이다.

뇌사자는 뇌사일 뿐 생명에는 지장이 없다. 수십 년 이어지기도 하며 2차 합병증이 없는 한은 살 수 있다. 어느 날 홀연히 깨어날 수도 있다. 단지 의료진에게 통째로 맡겨져 있으며 그들의 변함 없는 치료 자세를 바랄 뿐이다. 그들 치료자들이야말로 사회적 요구이며 국가적 책무이다.

뇌사자는 주변에 피로감을 준다. 긴 세월 동안 이어지므로 치료자나 가족은 방심한다. 꼭 같은 처치를 매일 되풀이함으로써 소홀하게 대할 수 있다. 한두 번, 하루 이틀 방심하는 사이 뇌사자는 중독한 상태에 빠지고 죽음으로 이어진다. 문제가 발생하면 가족들은 죽음에 대하여 의의를 제기하지 않으며 의료진들 역시 죄책감을 느끼지 않는다. 그들은 공히 올 것이 왔다면서 받아들인다.

나는 직업상 종말 환자를 더러 경험한다. 지난날 뇌사자들을 접했을 때 나도 모르는 사이 소홀할 때가 있었다. 자동 인공호흡기가 없던 시절, 전 직원이 동원되어 인공호흡을 했다. 몇 시간, 아니 며칠씩 교대로 계속하니 지치고 당해낼 수가 없었다. 생명이 사람 손에 좌지우지되는 순간이었다. 때로는 졸음까지 왔다. 인공호흡은 불규칙하게 되고, 의료진의 노력이 부족하고 미치지 못하여 생명이 죽어가는 경우였다. 지난날 일본뇌염이 전국을 휩쓸 때 숱한 아이들이 죽어갔다. 그때 일손 부족이 또 하나의 사망 원인이었다.

인간의 뇌는 무궁무진한 창조적 가능성을 지녔다. 수십 년 혼수 환자가 어느 날 홀연히 깨어나는 일은 더러 있다.

그들은 마음마저 죽지는 않았다. 알 길 없지만 내 친구는 마누라가 손을 잡고 흐느낄 때 손가락이 미세하게 움직였다. 상기되는 얼굴 표정 같은 것을 느낄 수 있었다. 마음 아팠다. 가슴은 쉴 새 없이 뛰고 있었으며 금방 눈을 뜰 것만 같았다. 감동스러운 순간이었다. 그렇던 친구가 어느 한순간에 운명을 달리해서 의아하다. 그리스어의 아름다운 죽음-안락사는 자비로운 죽음이 아닌 듯하다.

28년간의 기억상실

      50세의 한 여인은 스물두 살까지 살아온 모든 것을 까맣게 잊은 채 28년간을 살아왔다. 스물두 살까지 살아온 건 한 가지도 기억나지 않았다. 알프레드 히치콕의 옛 영화, 잉그리드 버그만과 그레고리 펙의 〈망각의 여로〉 그 이상의 망각의 여로다. 나는 그 망각의 주인공 여인을 만났다.

    스물두 살, 대학을 갓 졸업한 그는 무엇인가 할 일을 구상하고 있었다. 그런데 아버지는 왜 놀고 있느냐면서 마구 때리기 시작했다. 어머니는 무서워 말리지 못했고, 그날 밤 그는 가출했다. 포항의 친구 집에 이르렀다. 아침에 일어나니 자신이 그곳에 왜 있는지, 어떻게 왔는지 생각나지 않았다. 이름, 부모, 학교, 국어, 말하는 것은 물론 어디에서 살았는지조차도 떠오르지 않았다. 그날부터 친구 집에서 망각의 여로는 시작되었다.

    기억상실증은 형태가 다양하다. 한 사건만을 망각하는 선택적 기억상실증, 산발적 기억장애, 총체적 기억상실증 등이며 모두는 완전하게 회복된다. 단지 시간문제다. 이 여인은 사건 이전의 기억 모두를 망각한 후진성 기억상실중이었다. 제일 흔한 기억상실중이다. 망각의 기간이 길면 길수록 회복이 늦어진다. 이 여인은 22년간 기억상실이었으며 회복은 늦어지고 있었다.

그는 망각상태에서 생활전선으로 내몰렸다. 식당 종업원이 되고 월급을 받았지만 헤아릴 줄 몰라 물건을 살 때는 상인이 대신 돈을 세어 주었다. 그는 낱말을 외우기 시작했으며 매사에 집중했다. 1년쯤 지나자 글을 읽게 되고 대화가 가능해졌다. 모든 것을 새롭게 익혀가고 새롭게 시작한 결과였다. 왜곡되고 어설픈 삶이지만 일상생활만은 그런대로 해나갈 수 있었다. 그 후 10년 넘게 유치원 보모 업무를 했고, 기억상실 16년째 되던 해에는 이해심 깊은 한 남자를 만나 함께 생선 도매업을 하며 12년을 살았다. 지난날의 긴 망각은 되살아나지 않았다.

부모는 딸의 가출 2년이 넘었을 때 가출 신고를 했다. 그는 실종 5년 후 사망자로 처리되었다. 주민번호도 이름자도 없이 타향에서 그는 지구상에 존재하지 않는 한 사람으로 삶을 이어 갔다.

망각 25년이 흘러갈 때 어느 날 폐경이 되었다. 폐경은 50세쯤이니 그는 스스로 50살쯤 되었다고 느꼈다. 삶이 허무하고 미칠 지경이었다. 자살을 시도했으나 동거인이 구조했다.

망각은 여전한 가운데 동거인 남편과 어판장의 일은 계속했다. 어느 날 우연히 수산업의 한 동업인과 대화를 나누는데 그 남자가 '회산 다리' 라는 말을 했다. 하지만 숱하게 스쳐가는 한 단어일 뿐 더 이상 떠오르는 것이 없었다. 몇 달이 흐른 어느 날 남편에게 그때 그 남자가 '회산 다리' 라고 말한 적이 있는데 자꾸만 떠오른다면서 그곳이 어디쯤에 있느냐면서 물었다. 남편은 그 사람에게 물었으며 마산에 있는 한 다리 이름이라 했다. 그 순간 그는 결심했으며 무작정 마산으로 향했다.

그는 마산에 이르렀고, 그 다리를 찾아갔다. 그곳은 어쩐지 차분하게 느껴졌다. 다리 근방의 장바구니를 든 여인들의 모습, 분주하게 거리를 스치는 차륜들은 생소하지만 무엇인가 친근감 같은 것이 와닿았다. 회산 다리라는 단어도 어쩐지 친근하게 들렸다. 잠재의식의 결과였을까. 회산 다리 근방을 배회할 때 돌연 '옹기' 라는 단어도 머리를 스쳤다. 그는 혹시 이 근방에 옹기 가게가 있느냐고 물었다. 가게 주인은 곧장 옹기 가게로 안내해 주었다. 그곳엔 나이 많은 할머니가 일하고 있었는데 바라보니 어딘지 모르게 남다르게 느껴졌다. 그 노모 역시 단순히 스치는 방문객 여인의 모습이 아닌 양 느껴졌다. 얼핏 딸이 아닌가, 딸은 어머니가 아닌가 하면서 느꼈다. 그 가게는 옛날부터 어머니가 운영하던 옹기 가게였다. 그 순간 두 여인은 얼싸안고 울음을 터트렸다. 딸이 집을 나간 지 28년 만이었다.

오랫동안 진료해 온 한 노파가 있었다. 그 노파는 근래 남편과 아들을 잃었으며 우울증에 걸렸고, 더하게는 행방불명된 딸 때문에 더욱 고통받고 있었다. 그 노파가 바로 이 '망각의 여인' 어머니였다. 병원에서 일어난 흔하지 않은 일치였다. 그 노파가 망각의 여로 끝에 돌아온 딸을 나에게 안내했으며 딸은 긴 세월 불면증에 시달리고 있었다.

그가 잃었던 기억은 빠른 속도로 회복되어 갔다. 집으로 돌아온 지 여섯 달쯤에 기억 80%가 회복되었다. 요양보호사가 되고자 했고, 사망선고 취소 소송에 돌입했으며, 주민등록번호를 부여받고 의료보험 혜택을 누리게 되었다.

딸이 돌아온 후 경찰이 확인 차 내방하고 법원이 뒷조사했다. 이때 어머니는 경찰이 찾아온 것도, 딸이 집으로 찾아온 것도 죽은 아들 영혼의 지시라면서 말을 이어갔다.

그 여인의 망각의 여로는 이렇게 끝났다.

스마트 가든

　　　　　얼마 전 서울의 한 병원은 입원실 한편에
각종 화분을 차려놓고 환자들에게 '마음챙김 명상'을 하게 했
으며 그 결과 안정치료 효과가 탁월하다고 발표했다. 스마트 가
든이라는 것이며 그 효과라 했다.

　스마트 가든은 3m×3m×2.5m 크기의 작은 방이었다. 그곳
에 전기 촉광으로 자랄 수 있는 테이블야자, 산호수, 셀렘, 마리
안느, 팔손, 스노우 사파이어 등 관상수를 가져다 놓았으며 도
시 한 가옥 안의 수목 가든-스마트 가든이라 칭했다. 오늘날 유
행하고 있다고 한다. 산림청과 임업진흥원 등에서 고안한 실내
정원으로 휴식 효과와 정원 치료를 연구하면서 등장한 새로운
정원 모듈이다. 인구가 밀집되고 바쁜 대도시에서 숲의 맛을 느
끼게 하는 최소한의 방법이며 아쉬운 대로 수목 치료 효과를 노
리고 있다.

　이곳 병원 스마트 가든은 '마음챙김 명상(mindfulness meditation)'

치료를 실시했다. 이 치료와 시도는 불교의 선(禪, zen)에 뿌리를 둔 명상을 하게 하는 것이다. 그러나 명상지경의 수동적 주의집중[bare intention], 알아차림[noting], 깨어있음[awareness], 주의깊음[attention] 등의 심원한 접근방식까지는 아닌 그저 정신을 가다듬고, 번뇌를 끊고, 치료실에 입장하는 자세를 말하고 있었다.

명상치료는 의지와 시작이 중요하다. 가득한 번뇌와 산만 속에서는 한 번 이상을 지속하기 어렵다. 명상치료 입문은 주변 정리가 되어 있어야 하고 시급하게 해결해야 할 문제들이 있어서도 안 된다. 입원환자는 급성기를 지난 후 안정되고 회복기에 진입했을 때 가능하다. 사회적으로 바쁜 사람들은 명상치료에 적응하지 못했다.

숲속은 평온함을 느끼게 한다. 명상할 때면 더한 효과를 낸다. 고요와 자연에 압도당함은 당연한 귀결이다. 명상의 제일 조건은 고요이다. 산에 가면 누구나 깊고 심원해지며 명언이나 명시 구절이 한순간에 떠오르기도 하고 결심을 불러일으킨다.

야외는 5관을 자극한다. 푸르름과 바람 소리, 상쾌한 공기, 새소리, 풀 내음 등 신선함으로 가득하니 상쾌해지기 마련이다. 불안증으로 고통받는 사람은 물론, 인간관계 불화나 사회불안을 경험하는 사람들은 산속으로 모여든다. 조현병이나 인성 장애자들마저 스스로 안정을 추구하기 위하여 모여드니 숲속은 만인에게 유효하다.

세상에 범람하는 치료약제는 두 종류가 있다. 치료 의지와는 상관없이 치료 효과가 발생되는 약품이 있고, 치료 의지가 없으면 약 효과가 나지 않는 약품이 있다. 항생제는 투여자의 마음과는 상관없이 병균이 죽지만 남성의 발기부전증 약 같은 것은 복용한 후 잠을 자버리면 효과가 없다. 명상치료는 수행자의 결연한 의지가 앞서야 하고 준비과정이 필요하다. 위 병원의 스마트 가든의 환자들은 어느 정도 준비된 사람들인 듯하다.

스트레스는 만병의 원인이다. 그 핵심은 아드레날린 분비를 가속하기 때문이다. 이 호르몬은 적군과 대항하는 의지와 행동을 더욱 부추기고 지속하게 하는 원천의 내분비물이다. 한 사람이 1년 내내 이런 상태에 놓인다면 그는 아드레날린 분비가 촉진되며 혈압이 올라가고 몸이 견뎌내지 못한다. 생물에겐 휴식이 필요하며 이럴 때 숲속을 거닐거나 스마트 가든이 유익하다. 명상 수준에 이르지 못해도 여러 가지가 유효하다.

사람들은 집 안 거실에 몇 그루의 관상수를 기른다. 시각적 효과와 실내 공기정화 효과를 넘어 스마트 가든의 마음챙김 치료 효과를 거둔다.

그 돌무덤들

"어이 후배님, 내가 공부하던 인골 한 세트를 줄 테니 짜장면 한 그릇 살래요?"

"네, 막걸리까지 살게요."

이렇게 하여 나의 인골 세트 거래는 끝이 났다.

의과대학 본과 1학년의 골학骨學 수업은 8학점 과목이며 나에겐 죽음의 시간이었다. 교수는 두개골을 가지고 강의를 시작하는데 어렵고 어려우며 도무지 알아들을 수가 없었다. 모조리 라틴어로 된 학명들을 무조건 외워야 했다. 두개골 내부는 돌출 부위와 함몰된 부위로 가득하고, 눈을 크게 뜨고 보아도 보일 동 말 동 하고 부위마다 이상한 이름하며 기능도 제각각이었다.

두개골은 학생 몇 명에게 1개꼴로 배당되고 수업이 끝나면 반환해야 한다. 집에 갖고 가서 공부해야 하는데 허락되지 않으며 각자가 뼈를 구하는 길뿐이었다. 인체 골학 공부가 미흡하면 임상학을 공부할 때 어렵고 못 따라간다. 의과대학은 유급생이 많은데 그 대부분은 골학 성적을 못 따서이다.

나의 인골을 구한 이야기는 자못 기괴하고 무섭다. 대학 선배들은 부산 영도의 돌산으로 가라고 했다. 학교에서 멀리 바라보이는 산이었으며 그저 평범해 보이는 그런 산이었다. 첫 학기가 시작된 어느 날, 한 반 친구와 함께 그 산에 갔다. 무연고자 공동묘지였으며 모조리 돌무덤이었다. 주변은 죽은 듯 고요하고 이따금씩 까마귀 울음소리가 들려오고 있었다. 어릴 적 마을 공동묘지의 며칠 안 된 묘에서 여우가 뛰쳐나오고 주위에는 옷가지들이 흩어져 있었던 그때의 일이 떠올랐다.

이날 이곳이 지난날의 그 모습들이었다. 되돌아갈까도 생각했다. 생각해 보면 갖가지 전염병 등으로 사망한 무연고자들이며 질병상 위험하기도 한 곳이었다.

4월이라 공동묘지는 벌써부터 잡풀이 무성했다. 다른 곳과는 다르게 무성하게 자라고 있었다. 돌무덤 하나를 고르고는 돌을 덜어내기 시작했다. 마음은 내키지 않았지만 어쩔 수 없었다. 바로 그 순간 크게 놀라고 말았다. 까마귀 한 마리가 손에 잡힐 듯 가까이 와 있었다. 새는 머리를 무덤 쪽으로 돌리고 있었으며 큰 입부리에는 온갖 추잡한 것들이 묻어 있었다. 크게 불길해 보였다. 공동묘지에서 까마귀들이 울어대는 것은 알고 있었지만 그날따라 더 불길했다.

나는 까마귀가 한 번 울 때마다 침을 뱉는 버릇이 있다. 그날따라 연달아 침을 뱉어냈다. 몹쓸 놈의 까마귀들, 새는 날아가고 나는 하던 일을 계속 했다. 그런데 웬일인가, 매장한 지 며칠 안 된 묘였다. 양 눈은 푹 꺼지고 콧등은 뾰족한 뼈가 드러나 있고 허물어진 입술 사이로 누런 이가 드러나 있었으며 나를 보고 싱긋 웃는 듯했다. 냄새까지 풍겼다. 그 망할 놈의 까마귀는 이 냄새를 맡고 달려온 것이었다.

의사가 되는 길은 험난하다. 해부학 실습은 4명이 한 조가 되어 시체 1구를 해부하는데 한 학기가 끝나면 대충 시신 20구를 해부한다. 우리 때(1957)는 그렇게 했다. 시신의 형태는 여러 모양으로 비틀어진 채 굳어 있고 보기조차 흉하고 해부하기도 어려웠다. 이런 시신과 더불어 아침부터 저녁까지, 한 학기 내내 씨름해야 했고, 나중에는 뼈만 수북하게 쌓였다. 냄새나고 오물은 흘러내리고 위생복은 있으나 마나였다. 그런 가운데 담당교수는 신체 어느 부위를 들먹이면서 찾아내라고 질문을 던진다. 이때 더듬거리고 못 찾아내면 학년 말에 낙제한다. 죽을 맛이다. 의과대학이 적성에 맞고 안 맞고는 해부실습 때에 판가름 난다.

나는 그날 무덤 수십 개를 뒤지고 드디어 인골 한 세트를 구했으며 그것을 후배와 거래했다.

나의 첫 멘토

　　　　　　　　사람의 운명은 흔히들 한순간에 결정 난
다. 나의 경우 우리 대학 학장님의 말씀이 그것이었다.

　나는 같은 반 학생 한 명과 함께 의과대학 학장실을 찾았다.
우리 둘은 등록금 마련이 어려웠으며 장학금을 받고 졸업 후 무
의촌으로 가겠다면서 말했다. 그러나 우리의 의견은 단숨에 거
절되고 학장님은 말씀을 이어갔다.

　"자네들은 졸업 후 계속 공부해야 한다. 장학금 1년을 받으면
졸업 후 2년을 무의촌에 가야 하고, 그 후 군인이 되어 3년간 근
무하고, 그렇게 되면 5년 후배들과 함께 공부를 시작해야 한다.
자네들은 졸업 후 학생들을 가르쳐야 할 사람들이 아닌가. 계속
해서 공부해야 한다."면서 말씀을 끝내었다. 의자에 앉았던 우
리 둘은 아무 말도 못 하고 돌아 나왔다.

　의과대학 6년은 너무 길었다. 어렵고 어렵게 등록금을 마련
해 왔으며 마지막 해는 휴학을 해야 할 형편이었다. 하지만 학

장실을 돌아 나온 우리 둘은 어렵지만 학업을 계속하기로 결심했다. 한 학기가 지나갔으며 공부는 계속되었다. 1년이 지나기가 바쁘게 대학병원 인턴 선발 시험을 치렀으며 5년간의 수련의 과정이 시작되었다. 학장님 말씀대로 수련 과정은 힘들지만 착착 잘 진행되어 갔다.

세월은 빠르게 흘러갔다. 5년이 지나가기 무섭게 의학석사, 의학박사가 되고 전문의사시험에 합격했으며 나는 해군 대위, 친구는 육군 대위로 임관했다. 5년간의 세월이 눈 깜빡할 사이 지나갔으며 군 생활은 전문의사로서 보람 있었다. 그 후 소령으로 예편했고 대학 강사 제안을 받았으며 어느 곳이나 뜻대로 나아갈 수 있었다. 그럴 때마다 학장님께 감사했다. 무의촌으로 갔다면 다시는 돌아올 수 없는 시골 의사가 되었을 것이다.

세월이 흐르고 또 흘렀다. 그때 같이 학장실로 갔던 친구는 타계하고 나는 혼자 남아 진료에 임하고 있다. 그동안 진료의 어려움은 없었으며 지금도 문제가 없다. 기술자가 한평생 한 가지 일에만 매달리고 별다른 어려움을 느끼지 않는다면 그것들은 젊은 시절 열심히 배운 덕분이 아니겠는가.

충고는 고귀하다. 적기적소의 충고만큼 소중한 것은 없다. 지나고 보니 가난은 가난이 아닌 의지의 가난이었다. 수련의 시절 버스 타는 돈 1원 40전이 없어서 어지간한 거리는 걸어서 다녔으며, 전차비 1원 30전, 그 10전 때문에 전차를 기다리고 또 기다렸다. 그러나 즐거운 비명이었으며 수련의 5년은 눈 깜빡할 사이 흘러갔다.

학장님은 대학병원 일반외과 주임교수였다. 진료와 수술 그리고 학사업무 등 눈코 뜰 새가 없음에도 우리들의 이야기를 진지하게 들어주고 그런 와중에도 우리들에게 결정적인 말씀을 해주셨다. 충고는 그럴 만한 사람에게 물어봐야 하고, 피상담자는 가장 절실할 때 찾아가야 하며, 서로가 맞아떨어져야 한다. 우리 두 학생은 학장님 말씀대로 이행했으며 그래서 행복했다.

장기려 박사는 당시 부산 송도의 복음병원장이다. 장로교회 장로였다. 주일날 예배가 끝나면 공관에서 어김없이 영어 성경 공부를 시작했다. 공관은 대학병원 의사들과 직원들, 학생들까지 들어차 발 디딜 틈이 없었다. 그는 동양의 노벨평화상 막사이사이상을 수상했으며, 그때 그 시절 그리고 긴 세월 그를 기억하는 사람들로 넘쳐났다.

나의 첫 멘토 장기려 박사님!

3부

시루봉의 '해병혼'

그 겨울의 도강 훈련

때는 3월 이른 초, 해군 군의장교 후보생 100명은 바다로 뛰어들었다. 해군 군의관은 군함을 타야 하고, 그 절반은 상륙 작전을 일삼는 해병대가 되어야 하기에 도강 훈련은 필수다.

3월 초 남해안 바다는 연중 제일 차갑다. 꽁꽁 얼어붙은 동해의 한류가 남해안을 거쳐 동지나해로 빠져나가는 그 절정의 계절이다. 바로 이때 생도들은 바다로 뛰어들었으며 나 자신도 제일 먼저 물속으로 들어갔다. 그때의 허벅지를 적시는 그 차가움은 말로 표현 못 한다.

생도들은 철모와 무거운 M1소총으로 무장했다. 1m 깊이의 물밑은 뻘밭이고 군화는 사정없이 푹푹 빠졌다. 한 발 빼면 반대쪽 발이 또 빠지고 대열은 느리고 정지되었다. 시간은 흘러만 갔다. 얼음물 속에 오래 있으면 사고가 난다. 병사들은 사방에서 물속으로 잠기고 아우성이었다. 훈련 조교는 왔다 갔다 하면서 생도들을 살폈다. 겨울 수중 훈련은 배꼽까지이며 30분이 상한선이다. 그 이상이면 위험하다. 소고기 12인분을 먹어치우는 한 생도는 구토를 하고 느낌이 좋지 않아 몇 사람이 물 밖으로 구조했다.

도강은 드디어 완료되었다. 옷은 물이 줄줄 흐르고, 워커는 뻘 투성이였다. 때마침 세차게 불어오는 북동풍에 한기가 극에 달했다. 거꾸러지기 직전의 판초비아 산적들 모습이었다. 병사들은 구보를 시작하고 군가를 불렀으며 대열을 유지한 채 가까스로 본대에 이르렀다.

겨울철 수중 훈련은 해병대 직업군인이라도 삼가는 훈련이다. 부대 장교들은 군의 후보생들에겐 무리한 훈련이라면서 훈육관인 나에게 비아냥댔다. 나는 듣는 둥 마는 둥 하면서도 강하게 대항했다. 군의관은 의사이기 전에 군인이며 최전선에 배치된다. 전쟁터에서는 강한 자만이 살아남는다. 그 길은 극한 훈련을 통해서 달성된다. 강한 전우애는 전승의 핵심적 존재물이며, 이것은 강한 훈련을 통해서 달성된다. 군의관은 군 서열상 병과장교 다음이며, 현지에 부임하면 수십 수백 명 단위의 의무대 지휘관이 된다. 대원들에게 무슨 일이 벌어질지 짐작이나 하는가. "당신은 군의관이니까…" 하는 동정 어린 이야기를 듣지 말라.

때는 월남전이 한참이었다. 참전 중인 해병대 청룡부대의 한 군의관이 전사했다. 기본 훈련 부족이 원인이었다. 해군 본부는 군의 후보생의 철저한 교육을 연일 주문했고, 나는 해병대 신병 기본 훈련을 계획했으며 겨울 수중 훈련은 그 일환이었다.

해병대 전투훈련장은 당시의 경남 창원군 상남면에 위치하고 있었다. 후보생 중대는 이동했으며 그곳에서 7일간의 해병대 기초 훈련을 받았다. 혹독했으며 부상자가 속출했다. 각개전투, 분대전투, 소내전투에 이어 기관총탄이 머리 위로 쉴 새 없이 날아가는 침투훈련, 위험하기 그지없는 M1소총 이동사격, 로프를 타는 도강 유격훈련을 받았으며 각종 공용화기 사격과 시범훈련도 거쳤다. 탱크에 승선하고, 지프차의 105mm 무반동포 등도 시범훈련 받았다. 그때는 그렇게 훈련했으며 해군 군의 후보생 임관교육 중 처음 있는 훈련이었다.

찬물 훈련은 50년이 더 흐른 옛이야기이건만 잊히지 않는다. 생도들은 그간의 훈련에 힘입어 7시간의 산악행군과 10km의 무장구보를 성공적으로 완수했다. 그것은 장교가 되는 마지막 훈련이었다.

후보생들은 전원 임관하고 각 곳의 부대로 배치되었다. 포항 해병대 사단 의무중대에 배속된 한 군의관은 장거리 무장 구보 훈련에 참가했으며 당할 병사가 없었다.

거제도 행군

        거제도 성포에서 섬의 끝 장승포까지 장장 50km를 행군한 이야기다.

1969년 4월 초 어느 날 아침, 해군 군의관이 될 후보생 100명은 상륙정에 승선한 후 진해 해군통제부를 출발했다. 거제도 성포에 상륙하고, 그곳에서 짧은 시간 몇 가지 훈련을 하고, 그 후 장승포까지 행군하는 훈련이었다. 바다는 렘브란트의 서북풍이 불고 있었다. 파도를 뒤로 한 채 약 한 시간 후 상륙지점인 성포의 한 지점에 당도했다. 울퉁불퉁 바위들이 솟아 있었으며 사격해 오는 적들이 없을 뿐 몹시 사나운 곳이었다.

생도들은 도착 즉시 넓지 않은 곳에 치료후송 중대를 개설하고 전상자 치료 및 원대 복귀와 후송 훈련을 실시했다. 처음 시도된 훈련이었으나 무리 없이 진행되었으며 시계는 10시 30분을 가리키고 있었다. 이제부터 장승포를 향하는 긴 행군을 시작해야 했다. 나는 명령했다.

"총 50km 거리, 시간당 7km 행군해야 하고, 오늘 일몰 전 17시까지 장승포에 당도해야 한다. 행군 루트는 비포장 국도 14호이며, 사등→고현 포로수용소→국사봉(460m) 고개→옥포→장승포 간이다. 전적으로 군사지도에 의거하고, 2열 사다리꼴 행군한다. 어떤 작은 착오도 용납하지 않는다. 선두는 1km쯤 앞서서 행군 루트를 제시해야 하며 낙오병들은 전우애를 발휘, 후송은 존재하지 않는다. 각자 짐은 M1소총과 배낭 등 20kg이며 적잖은 무게다. 특히 관품 분실사고에 유의하라."

군 장교가 되는 길은 멀다. 사관학교 4년, 학사장교, 전문사관학교(3사관학교), OCS 3개월 등 어느 것 하나를 필해야 하며 그 후 소위로 임관된다. 군의장교 후보생은 고작 3개월 훈련 후 중위나 대위로 임관되며 훈련 강도가 남다르다. 군의관이 무슨 놈의 군사훈련인가고 하겠지만 전쟁터에서 살아남아야 하고, 수십 수백 명을 명령하는 지휘관이 되어야 한다. 오늘의 훈련이 곧 그 길이다.(아래 사진)

당시의 사다리 행군 사진
(선두 중앙이 필자임)

해군 군의장교는 대한민국 해병대의 의무중대장과 의무대대장이 되어야 한다. 그야말로 야전군이다. 1968년 당시 해병대는 청룡부대와 해군 백구부대가 월남전에 종군하고 있었으며 나 역시 그곳으로 배치될 예정이었다. 이날의 행군 훈련도 그 일련의 훈련이었다.

행군은 순조로웠다. 어느덧 고현을 지나 지름길인 국사봉(460m) 고갯마루에 이르렀다. 군사 지도상의 절반 이상을 행군했으며 후보생들은 늘어진 채 누워 있었다. 더 이상 행군할 것 같지 않았다. 특단의 조치가 필요해 보좌관들과 논의 중에 있었다.

바로 이때 고개를 넘어가는 한 여고생이 있었다. 좁은 오솔길의 힘 빠진 생도들이 우르르 달려들어 말을 걸었다. 여학생은 우호적이었으며 미소로 답해주었다. 병영 입교 2개월여 만에 처음 만나보는 여자였다. 수분간의 시간이 흐르고 생도들은 군가를 부르면서 출발을 재촉했다. 대원들은 드디어 장승포로 향하는 마지막 고갯길을 오르고 있었다.

해군장교는 국제 신사이다. 예의범절을 두루 갖추어야 하고 보기에도 의젓해야 한다. 그 길은 강도 높은 군사훈련을 통해서 달성되며 이날 행군훈련이 그것이었다.

18시, 드디어 장승포의 해성고등학교 운동장에 이르렀다. 장승포 항구가 훤하게 바라보이자 힘이 솟았다. 60분 지연 도착이지만 생도들은 힘이 넘쳐흘렀다. 운동장에 50개의 천막 설치 작업에 돌입했다. 그런데 난관에 부딪혔다. 수녀 두 분(학교 선생)이 다가와 당장 나가라 호령했다. 중대장 후보생과 보좌관들의 간청에도 막무가내였다. 여학생 보호상 불가능하다는 것이었다. 나는 화가 치솟았다. 어두움이 찾아들고 지친 생도들을 이끌고 천막 50개를 설치할 빈터를 찾아 나서기는 불가능했다. 군인은 작전상 민간인 시설을 강제 점유할 수 있다. 나는 수녀들께 마지막으로 경고하면서 45구경 권총에 손을 얹었다. 그때 심정으로는 위협사격이라도 할 지경이었다. 드디어 수녀들은 황급히 사라졌다.

4월 장승포 언덕의 바람은 거세었다. 깔때기를 통하듯이 불어오고, 담요 한 장으로는 어림도 없었다. 군사훈련이 아니면 소리 지르면서 뛰쳐나갈 추위였다.

반세기 훨씬 전의 일이지만 잊히지 않는다.

시루봉의 '해병혼'

        지역마다 수호신인 양 받들고 있는 것이 있다. 진해에는 시루봉 정상에 새겨진 '해병혼'이라는 세 글자가 그것이다.

시루봉은 정상에 높이 10m, 둘레 50m의 바윗덩어리 한 개가 우뚝 솟아 있는, 진해에서 제일 높은 산(650m)이다. 정상의 그 바위는 외롭지만 외롭지 않다. 그 아랫자락 땅바닥은 위 화산석 크기만 한 흰색 글자 세 개가 수백 미터 간격을 두고 새겨져 있다. 이름하여 '해', '병', '혼'이며 진해로 들어서면 어디서나 훤하게 바라보인다.

대한민국 해병대는 1949년, 진해에서 350명 수준으로 창설되었다. 진해 동쪽 끝자락에 위치한 일제강점기 비행기 격납고가 막사였으며, 일본군의 99식 소총으로 무장했다. 해병대 1기생은 훈련이 끝난 그해 여름 지리산 공비 토벌 작전을 수행했고, 이어 제주도의 공비 토벌에 투입되었으며, 이듬해인 1950년,

진해 시루봉

시루봉 정상에 새겨진 '해병혼'

6·25 전쟁이 발발했을 때는 고길훈 소령 해병대 대대가 그해 7월 16일 군산 방어작전에 투입되었고, 이어 김성은 해병대 중령의 500명 수준의 해병대 2기생은 경남 함양, 산청 전투에 이어 진주와 진동·함안 등지에서 전투를 치렀으며, 이어 8월 18일 통영상륙작전을 단독으로 완수했다. 1950년 9월 15일, 역사적인 인천상륙작전 때는 3,000명의 해병대원이 투입되었고, 9월 28일 서울을 탈환하고 서울 중앙청에 태극기를 게양했다. 해병대는 6·25전쟁 중 30여 개의 크고 작은 전투를 치렀으며, 짧은 역사 속에서도 전과가 남달랐다.

필자는 진해 장천동이 고향으로 우리 집은 해병대 훈련소와 붙어 있었다. 그곳에서 시루봉을 오르내리면서 쓰러지기 직전으로 힘들게 훈련하는 병사들을 바라보았다. 해병대에 입소하면 시루봉을 몇 번은 오르내려야 비로소 해병대가 된다. 나 자신도 진해 해군에 입대하고 시루봉을 고되게 오른 적이 있었다. 600여 미터의 높이지만 1시간 안에 돌파하기란 여간 힘들지 않았다.

대한민국 군인은 똑같은 대한민국 청년이다. 별다른 청년이 해병대가 되는 것이 아닌 해병대가 되면 사람이 달라진다. 피나는 훈련이 자존심을 더욱 부추기고 강한 군대로 태어나게 한다. 해병대는 반듯하고 품위 있는 신사들이며 전우애는 유별나다. 전우가 부상하면 끝까지 함께하고 남은 병사들은 두 몫, 세 몫 싸운다. 이 모든 것들은 강한 훈련의 소산이며, 고대 로마군단을 능가한다.

시루봉 자락의 '해병혼'은 어느 날 갑자기 축조되었다. 하지만 결코 우연은 아니었다. 1964년 해병 동지 몇 명이 시루봉에 올라, 아득히 자리 잡은 해병대 병영을 바라보았다. 저 조가비 속의 해병대를 누가 알겠는가. 하지만 그곳에는 해병대 사관학교, 해병대 신병훈련소, 해병대 기지사령부가 자리 잡고 있으며, 이곳 시루봉이야말로 해병대의 혼이 서린 곳이 아니던가. 동지들은 바로 그해 시루봉 산자락에 '해병혼'이라는 세 글자를 새기기로 하였으며, 1964년 진해 출신의 154기, 155기, 156기 해병대 동지들이 힘을 모아 '해병혼'을 식각했다. 그것이 오늘을 빛내고 있으며 올해로 60년의 세월을 자랑한다. 해병혼이란 '우리는 이 나라의 가장 용맹한 군인', '한 번 해병은 영원한 해병', '귀신 잡는 해병대'임을 되새기는 말이며 애국애족하는 뜻과 자존심이 넘쳐흐른다.

시루봉의 '해병혼'은 시련이 많았다. 해병대는 포항으로 떠나고 진해 산정의 세 글자는 흔적만 남아가고 있었다. 또 다른 시련이 있었으니 선거 때가 되면 그 반대파들은 시루봉의 '해병혼' 글자를 지우라고 야단하고, 행정당국은 자연 훼손 운운하면서 철거를 명령했다. 진해 해병 동지들은 크게 반발했으며, '해병혼' 세 글자는 2025년 오늘도 건재하다. 해병대 전우회는 해마다 도색하고 유지보수하고 있으며 이젠 시민들이 진해시 명물 지정을 서두르고 있다.

해병대 유격훈련장

마산시 봉암동 저수지 계곡은 대한민국 해병대 유격훈련장이었다. 나는 해군 군의관이 될 100명의 후보생들과 함께 이곳에서 유격훈련을 받았으며, 50년이 더 흐른 오늘 이곳에 다시 이른 것이다. 훈련장은 수십 년 전 먼 어느 곳으로 이동하고 지금은 저수지로 오르는 옛길만 남아 있다. 나는 지금 그 길을 따라 오르고 있다.

얼마쯤 올랐을까. 곧바로 유격훈련장 유적표시판이 나타난다. 해병대 출신들이 세운 표시판이며 옛 기억들을 떠오르게 한다. 조금 오르니 로프를 고정시켰던 콘크리트 기둥들이 줄을 지어 나타나고 로프만 없을 뿐 옛 모습 그대로이다. 아찔했던 순간이 머리를 스친다. 바로 저 기둥의 로프를 타고 천 길 아래로 뛰어내렸던 기억이 떠오른 것이다. 나는 겁이 많아 그때 참 무서웠다. 단신 로프에 의지한 채 "나는 대한민국 해병"이라면서 천 길 절벽 아래로 뛰어내렸으니 내 정신이 아니었다. 군사훈련이란 참으로 묘한 것이다. 그 어떤 훈련도 받아야 하고, 받고 나면 용감한 군인이 된다.

때는 4월 초, 산중의 거센 바람은 빙점을 연상케 했으며 아침 6시, 기상 호루라기 소리와 함께 일과는 시작되었다. 천근의 몸을 일으키고는 좁은 공터에 집합했다. 계곡은 말라 있고 완전한 바위산 자락이었다. 조식 차량이 도착하고 땅바닥에서 3분 식사를 완료하니 밥이 코로 들어가는지 입으로 들어가는지 모른다. 한입 가득 넣은 채 집합하고 곧장 구보에 돌입했다. 마산 봉암교를 둘러 4km 거리가 1시간이 더 걸렸다. 곳곳에서 쪼그려 뛰기, 기어가기, 구령지르기 등 훈련을 하느라 시간이 걸렸다. 인내하고 집중하지 않으면 한 동작도 해낼 수가 없는 동작이었으며, 생도들은 토하고 주저앉아 대열이 무너졌다. 그런 가운데에서도 조교들은 "구보는 군인됨의 기본이다.", "유격훈련은 생명선이다."를 연이어 구령하고 복창하게 했다.

병사들은 연병장에 이르고, 곧바로 유격훈련에 돌입했다. 흰 철모를 쓴 조교들은 서슬이 시퍼렇다. "제반 수칙을 어기고 잘못 착지하면 아래는 바위 계곡이며 생명을 보장 못 한다." "집중과 제반 수칙을 철저하게 지키는 길만이 생명을 구한다." 면서 호령한다. 병사들은 드디어 급강하 도강 로프대 앞에 이르렀으며, 100m 절벽에는 골짜기를 가로지르는 로프가 아득히 바라보였다. 보기만 해도 아찔했다. 먼 아래쪽 땅바닥은 착지 신호를 보내는 군인 한 사람이 커다란 깃대를 들고 서 있었다. 착지 순간 눈을 감거나 몸을 웅크리고 있으면 한순간에 땅바닥에 내리박힌다.

나는 생도 훈육관이며 훈련장에서는 안전장교로서 책임이 막중했다. 맨 먼저 시범을 보이고 자신만만해야 했다. 하강 점프대에 올라서고, 조교의 지시대로 관직성명을 복창했다. 복창이 끝나기도 전에 '점프'라는 조교의 명령이 들려오고 점프했으며 죽고 살기는 다음 문제였다. 도르레를 턱 밑에 갖다 대고 눈을 크게 뜨고는 L 자 자세를 취했다. 엄청나게 빠르고 어느새 조교가 흔드는 깃대가 눈에 들어왔으며 완전하게 착륙했다. 멀리 언덕 위에서 환호 소리가 들려오고 있었다.

세월이 흐르고, 앨범 속에 사진 한 장이 있다. 역광의 한 병사가 권총을 찬 채 L 자 자세로 급강하하고 있다. 나다.(아래 사진 참조) 지금은 한물갔지만 그때는 위장복에 45구경 권총을 차고 하네스 허리띠를 했으며 참 멋있었다.

낙하 중인 필자. L 자 자세와 45구경 권총 엄형이 보인다.

해군 군의관은 법에 따라 해병대로 가야 하며 3년 의무복무 중 1년은 근무해야 한다. 때는 월남전쟁 중이었고 귀신 잡는 해병대 - 청룡부대가 월남전을 휩쓸고 있었다. 청룡부대 동기생 군의관 한 명이 권총 조작 미숙으로 월남전에서 적군에게 죽은 이후로 군의장교 후보생들의 교육은 더욱 엄격해졌다.

반세기 만에 찾은 봉암동 저수지 길, 만감이 교차한다. 나는 바라지 않게 해군 군의관이 되었으나 되고 보니 행운이었다. 군함을 타고 월남전에 종군했으며, 지금은 군 동기생 중의 몇 안 되는 국가유공자가 되어 있다. 자랑스럽다. 그때는 힘들었지만 모든 것은 행운으로 끝맺음했으며, 오늘의 나는 이곳 유격훈련장에서 필사의 노력으로 훈련에 임했던 결과의 산물이다.

천천히 걷는데도 숨이 차다. 잠시 앉아서 쉰다. 이곳 어딘가에 두 줄 로프와 세 줄 로프로 된 도강 시설이 있었는데, 그 로프에는 관심 없다. 계곡 상부 어디쯤 외줄타기 로프를 찾는 것이 이곳에 온 목적이다. 그것은 계곡과 계곡을 연결하는 외줄 로프였으며 유격훈련 중 가장 어렵고 힘들었다. 자칫 생명이 위험한 도강훈련이었다. 60~70kg의 몸이 마구 흔들리는 외줄을 타고 50m쯤의 바위 계곡을 건너야 했으며 두세 번은 균형을 잃고 대롱대롱 매달렸다. 탈진한 훈련생은 "로프를 꼭 잡아라!"라는 호령이 들려오고 구조대가 다가와서 가까스로 추락을 면했다. 보기만 해도, 생각만 해도 아찔한 도강훈련이었다. 그때 나는 맨 처음 도강했으며 한 번도 매달리지 않은 게 자랑스러웠다.

  나의 군인의 길은 3년 5개월이다. 짧았지만 유격훈련을 두 번
받았다. 국민병 징병신검관을 역임했으며, 군의후보생 교육 책
임자인 훈육관으로서 200명의 군의관을 배출했다. 월남전에 종
군했고, 돌아와서는 대한민국 해군의무단 교육대장을 역임했
다. 상륙작전 의무지원교육을 이수하고 미군과 함께 훈련하고
훈련필증을 교부받은 대한민국 해군 군의관은 그때 단 한 명뿐
이었다. 진해해군병원 신경정신과 수장이었으며 나의 군인의
길이 자랑스럽다.
  군인의 길은 무엇인가. 명령에 복종하고, 임무를 완수하고,
정신무장은 24시간 지속한다. 인내력을 기르며, 규율에 적응하
고, 상관을 모시는 방법을 배운다. 이 모두는 인생을 살아가면
서 버릴 게 단 한 가지도 없었다. 삶의 지표였다.

  유격훈련 종료 후 원대 복귀하고 사령관에게 보고했을 때 사
령관은 사고가 없었느냐면서 두 번 세 번 물었다. 사고는 없었
다. 훈련장의 조교들 말로는 신병들이 오면 꼭 몇 사람은 크게
다친다고 했다.

스노우 레이스 snow race

　　　　　나는 사냥꾼이며, 눈만 내리면 지난날 작
별했던 그 노루들이 생각난다.

　오래전의 일이다. 그날 아침은 눈이 많이 내렸고 단신으로 사
냥길에 올랐다. 한 시간쯤 달려 감천이라는 산골 동네에 이르렀
다. 익히 아는 마을이었다. 응달 산골은 눈으로 뒤덮였고 700m
고산들은 더 높아만 보였다.

　이 산에는 대작 노루 몇 마리가 살고 있었다. 큰 뿔을 지닌 수
놈은 암컷 두 마리를 거느린 채 위용을 떨치고, 사냥꾼들에겐
감천골의 산신으로 통했다. 한번은 우리 일행이 하루 종일 뒤쫓
았는데 알고 보니 바로 등 위의 언덕바지에 멈춘 채 우리의 일
거수일투족을 훤히 바라보고 있었다. 지치고 지친 우리 모습을
조롱하듯 바라보고 있었다.

　나는 그날 아침 그놈들을 노리고 그곳으로 간 것이었다. 바위
산 눈길을 오르기 시작했다. 산길, 그 오솔길은 흔적 없고 어림

짐작으로 헤쳐간다. 눈길 사냥 경험이 없지는 않지만 그날따라 더 힘들었다. 사방은 고요하고 발길 소리와 나뭇가지의 눈송이 흘러내리는 소리만이 들려오고 있었다.

얼마쯤을 올랐을까. 바로 그때 나무 밑에 새빨간 피 발자국이 보였다. 깜짝 놀라 바라보니 선명하고 유난히 붉게 물들어 있었다. 눈길 바위에 다리를 다친 노루 핏자국이었다. 나는 달리기 시작했다. 능선에서 계곡으로 또다시 능선으로 단번에 몇 개를 넘었다. 노루는 여전히 피를 흘리고 보폭이 줄어들고 있었다. 지쳤다는 뜻이었다. 나는 있는 힘을 다해 또다시 달렸으며 몹시 지쳐 주저앉았다. 쓰러지기 직전이었다. 바로 그때 능선 너머 몇 그루 소나무 근처에 무엇인가 움직임이 있었다. 빤히 바라보니 도망가던 그 노루들이었다. 세 마리가 나무 밑에 선 채 이리저리 머리를 돌리고 있었다.

이런 일은 흔한 일이 아니었다. 나는 벌떡 일어서 잽싸게 개 머리판을 견착했다. 제법 먼 거리지만 9발이 산탄 범위 내의 거리였다. 그런 후 나는 필살을 위하여 다시 한번 더 견착을 확인하고 마지막으로 방아쇠 안전장치를 풀었다. 사냥 평생 이토록 완벽하게 사격 자세를 취한 적이 없었으며 단발에 요절낼 자신이 있었다. 그런데 바로 그 순간, 묘한 생각이 머리를 스쳤다. 사냥은 필사적으로 달려가는 목표물을 향하여 사격하는 것이며 그것이 스포츠 정신이다. 보라, 저들은 지금 가만히 서 있으며 더하게는 부상당한 몸이 아닌가. 그렇다. 나는 지금껏 무방비

상태의 짐승을 쏘아본 적이 없었다. 나는 총을 내려놓고 그들을 바라보았다. 노루는 사람만 보면 신풍처럼 사라지는데 여전히 머리만 이리저리 돌릴 뿐 가만히 서 있었다.

얼마쯤 시간이 흐르고 나는 발길을 돌렸다. 아쉬운 뒷걸음질 이었건만 왠지 기분이 좋았다. 한참 내려와 멀리 바라보니 그들 은 여전히 그 나무 밑에 서 있었다. 그때 총을 안 쏜 것은 참 잘 한 일이었다.

너희들은 오늘의 스노우 레이스의 승리자요, 나 또한 승리자 다. 너희들은 총을 든 나를 바라보면서 방아쇠를 당기지 않을 것을 알고 있었으며 나 또한 부상당한 너희들을 쏠 마음은 아니 었다. 너희들은 나에게 잡힌 것이나 다름없고, 그런 너희들은 지금 당당하게 살아 있다.

대지를 뒤덮은 눈은 새삼 고요를 자랑하고 난반사된 아침 햇 살은 더욱 눈부시게 다가왔다. 두통도 안구통도 사라지고 머릿 속은 놀랍도록 맑았다.

나의 자동 5연발 총은 아침 햇살에 번쩍이고 있었다.

그날 밤의 울부짖음

늦은 밤, 넓은 실내는 통곡의 소리로 가득했다. 유령하지-팬텀 림브Phantom Limb와 하지유령통-팬텀 페인Phantom Pain이라는 현상 때문에 빚어진 한 병사의 울부짖음이었다.

분노와 애절함이 뒤섞여 있었으며 처절했다. 그는 한밤에 볼일이 보고파서 침대에서 일어났는데 바로 그 순간 크게 나가떨어졌다. 바로 얼마 전 총상으로 한쪽 다리를 잃은 것을 느끼지 못해서 벌어진 실족이었으며 '유령하지현상' 이라는 착각 때문이었다. 갑자기 팔다리를 잃은 사람들에게 반드시 나타나는 현상이다.

그날 밤 나는 병원의 당직사관이어서 현장으로 달려갔다. 그때 그는 마룻바닥에 주저앉은 채 통곡하고 있었다. 그 모습을 차마 바라볼 수 없었다. 한쪽의 빈 환자복 바짓가랑이가 마룻바닥에 깔린 채 이리저리 구겨져 있었다. 그는 다른 한쪽 다리로 간신히 균형을 유지한 채 앉아 있었다. 나는 멍청하게 서 있을 뿐 어쩔 도리가 없었다.

그때(1968) 대한민국 육군, 해병대 청룡부대, 해군 백구부대는 월남전에 참전 중이었다. 나 역시 미구에 파병될 것임에 미래에 전개될 나의 모습을 바라보는 듯했다. 그해 해병대로 파견된 군의관 동기생 한 사람은 진해 해군병원으로 후송되어 왔는데 전신화상을 입고 있었으며 사경을 헤매고 있었다.

박정희 대통령과 부인 육 여사가 사흘이 멀다 하고 이곳 병원으로 위문을 왔으며 중독한 장애 장병들은 연달아 후송되어 오고, 월남전쟁은 비관적으로 치닫고 있었다.

이 병사는 바로 2주일 전까지 월남전을 휩쓰는 30구경 기관총 사수였다. 이젠 그 억센 구릿빛 피부의 양팔은 영원히 지팡이를 짚는 도구로 전락하고, 유령하지중으로 밤낮으로 쓰러지는 신세가 되고 말았다. 한 젊은이에게 예측 못 한 어느 한순간에 밀어닥친 불행이었다. 운명은 기구한 것.

유령하지 증상은 당분간 이어진다. 신체 각 부분은 주어진 역할이 있으며 마음먹은 대로 혹은 반사적으로 움직이기에 당분간은 몸이 성한 양 계속 쓰러진다. 지난날의 숱한 조건반사들이 사라지고 또 다른 조건반사를 축성하는 데는 시간이 걸리고, 그때까지 울부짖음은 계속된다. 또 다른 완전한 신체자아 - 신체영상이라는 것이 축성될 때까지 기다려야 한다. 눈물을 머금고 참아야 한다.

나의 스톡홀름 증후군

방호산, 그는 1950년 6·25전쟁 때 남침한 인민군 제6사단장이었다. 6사단은 10만 남침 병력 중의 통뼈였으며 마산과 대한민국의 임시수도 부산 점령이 그들의 최후 목표였다. 그들은 한반도 서해안을 따라 남진했으며, 8월 초 마산 북방 2km 지점에 이르렀고, 드디어 마산의 미25보병사단과 마

방호산, 인민군 6사단장

주쳐 2개월간의 전투의 막이 올랐다. 방호산이 고대하던 전투, 악의 화원의 전투는 그렇게 시작되었다.

방호산 그는 6·25 남침 3일 만에 임진강과 한강을 도하하고 영등포에 이르니, 그날이 6월 28일이었다. 그때 서울 점령 주력부대 4사단(사단장 리건무)은 강북에 이르러 있었으며 그때부터 방호산은 뛰어난 행군과 침투력을 자랑했다. 6월 28일 새벽, 그는 한강 다리가 폭파되기 전에 한강을 도하했다. 탱크와 중장비들을 어떻게 도강했는지는 지금까지 미지수다.

영등포의 인민군 6사단은 6월 28일 이후 홀연히 사라졌다. 아군 정보망은 그들을 놓쳤다. 그러던 7월 19일 돌연 이리(현재 익산)에 집결했으니, 전쟁 발발 24일 만이었다. 그때까지도 6사단의 정체가 드러나지 않았으며 7월 20일 대전을 점령한 인민군 4사단의 일부로만 여겼다. 6사단은 그동안 야간 행군했으며 탱크와 중장비는 소수의 트럭으로 야간에 피스톤 운송했다. 북쪽 김일성은 7월 19일 이리의 방호산을 보고는 깜짝 놀라 영웅 칭호를 내렸다. 그가 바라던 남침 한 달 만의 부산 점령이 바라보였던 것이다. 김일성은 1개 기갑 사단을 추가로 배치하고 부산 점령을 독촉했다.

방호산 사단은 사실은 4일을 더 앞당긴 7월 15일경에 이리에 이를 수 있었다. 6사단은 7월 15일 논산 근방에 이르렀을 때 미군이 금강 남쪽 둑에 막강하게 포진하고 있다는 잘못된 정보 때문에 조치원으로 역후퇴했으며 4일간을 허비한 후인 7월 19일에 이리에 집결했다.

이리의 방호산은 마산 진격을 멈춘 채 어정거리기 시작했다. 병사들은 아무런 저항도 없는 호남 지역과 목포까지 병력을 분산 진출했으며, 7월 24일 남원에 이른 6사단 본류는 또다시 순천으로 역행군했다. 전사가들은 방호산의 지연전에 대하여 전쟁 75년이 흐른 지금까지도 미스터리로 치부하고 있으며, 더러는 방호산의 실수라고도 했다. 그는 실수할 장수가 아니다. 일부 전사가들은 목포로 진격한 것이 군수품 수령과 아군의 목포 상륙을 우려했기 때문이라고도 하나 만부당한 추산이다. 필자가 간주하는 바 방호산에게 김일성의 한반도 공산화 - 영토확장 정책은 관심 밖이었다. 그는 오로지 숙적 자유민주주의 종주국 미군과 싸우고자 했기에, 그의 지연전은 미군들이 나타나기만을 기다린 것이 아닌가 한다.

방호산은 철저한 공산주의자였다. 1949년 7월 신의주를 건너기 전에는 중국 인민해방군 - 8로군 제166사단장이었다. 그는 모스크바에서 동방의 공산주의학을 수학했으며 러시아 연방의 수장 스탈린과 한국전쟁관이 일치하였다. 즉 미군을 한국전에 끌어들이고 오래 끌게 하여 미국의 힘을 약화시키며, 서구 공산주의 러시아는 그동안을 틈타 유럽에서 공산주의 세력을 확고히 하는 국제적 차원의 전략이었다. 방호산은 믿었다. 계속 어정거리며 미군과 상접할 그때를 기다린 것이었다. 1950년 7월 5일 인민군 4사단이 오산전투에서 미24사단의 1개 대대를 격파

했듯이 말이다.

김일성은 방호산의 아랑곳없는 지연전에 안달이 났다. 화기 부대를 추가로 지원했음에도 방호산의 늑장은 계속되었다. 7월 19일 이리의 방호산은 8월 3일 마산 접경에 이르기까지 근 2주 동안 어정거렸으며, 그 결과 그는 마산 근방에서 미25사단과 접전할 수 있었다.

UN군 미25보병사단은 방호산 6사단을 맞이하여 주로 함안군 근방에서 8월 1일부터 9월 26일까지 근 2개월간 피나는 공방전을 치렀으며 서북산(마산과 함안군 경계산 740m)에서 뺏고 빼앗기는 전투를 열아홉 번이나 치렀다. 피아간 사상자가 넘쳐 났으며 방호산이 바라고 바라던 전투였다.

그해 8월 말경(1950. 8. 31.) 마산 점령 2차 공세 때의 일이었다. 적병들은 후방인 마산 시내로 침투했다. 그 병력은 가히 4개 대대 규모였으며 함안 방면으로 역공격해 왔다. 이때 미25사단장은 크게 놀랐으니 적들은 왜 부산으로 진출하지 않고 후방에서 전방으로 공격해 오는가. 전방 전선의 미군들은 총 한 발 쏠 기회가 없었다. 이것 역시 미스터리지만, 방호산은 부산 점령이 아니라 미군과의 조우가 목적이었을 것으로 필자는 간주하는 바이다.

1950년 9월 15일 맥아더 장군의 인천상륙작전이 성공하자 방호산 사단은 드디어 후퇴를 시작했다. 9월 26일 진주를 내어준 방호산은 태백산맥을 경유, 11월 초 38선을 넘었다. 10월 태백산맥의 추위 속에서 여름 복장과 먹을 것 없이 순수 자생력만으로 한 달 넘게 행군했다. 더욱 놀랄 일은 6사단의 당초 병력 7,000명은 두 달 동안의 전투에서 절반 이상 손실했으나 남한 사람들로 보충되어 1만 명이 넘는 병력으로 38선을 넘었다는 것이다. 김일성은 다시 한번 놀라 그에게 두 번째로 영웅 칭호를 부여하고, 그는 5군단장으로 승진했다.

스톡홀름 증후군[1]이라는 말이 있다. 적군과의 동침이란 뜻이며, 필자는 방호산의 기동력과 김일성의 명령에 불복한 배짱에 관심이 크다. 그는 공산군 8로군답게 대한민국 서해안을 따라 행군했으며 가히 초인적인 행군이었다. 그는 마산 근방에서 두 달 동안 미군과 더불어 전투를 펼쳤으며 8월 15일까지 완전한 남한 적화를 이루겠다는 김일성의 시나리오를 통째로 무시했다. 당시 부산은 대한민국의 임시 수도였다. 김일성이 어떤 사람인가. 오로지 영토 확장만이 그의 소망이었으며 그의 명령을 방호산은 완전하게 무시했다. 필자는 그런 용기에 대하여 찬사를 보낸다. 그는 순수 공산주의자였으며 독재를 배격했다.

---

[1] 스톡홀름 증후군: 1973년 8월 23일~8월 28일까지 스톡홀름의 한 은행을 점거하고 직원을 인질로 잡았던 사건이 있었다. 인질이 범인에게 정서적으로 가까워져서 풀려났을 때는 범인을 옹호하는 언행을 망설이지 않았다. 범죄 심리학자 베예로트는 수도 스톡홀름에서 따와 스톡홀름 증후군이라 이름 붙였다. 훗날 '적과의 동침'으로 번역되었다.

태풍과 옐로 패트롤 쌍곡선

이 이야기는 필자가 월남 전쟁터로 향하면서 벌어진 일이다. 대충 50년 전쯤 이야기지만 기억이 생생하다.

그해 8월 우리 해군 백구부대 수송선단은 월남으로 향했다. 나는 의무 참모로서 이동함대 사령부 요원들과 함께 기함에 승선하고 있었다. 느린 수송함은 부산 항구 출영을 뒤로 한 채 남지나해를 향하여 항해하기 시작했다. 4일째가 되던 날 우리는 대만 동쪽 남단을 통과하고 있었으며 바다는 잔잔하고 비어(물 위로 나는 고기)들은 갑판을 가로지르고, 망망대해는 지구가 둥글다는 것을 다시 한 번 보여주고 있었다.

우리 선단은 어느덧 동지나해 - 말레이 반도 동쪽 바다로 접어들고 있었는데, 그날 저녁 돌연 태풍경보를 접했다. 필리핀 북서쪽으로 진행하고 있던 우리 선단은 태풍 중심권에 놓이게 되었다. 초저녁부터 배는 일렁이고 밤이 되자 더욱 요동치기 시작했다. 침실에서도 무엇인가 붙들고 움직여야 했다. 천 톤의 함정은 정면 파도와 부딪치고 배는 하늘 높이 솟았다가는 앞으로 쏟아졌다. 그때 수면과 부딪치는 소리는 상상을 초월했다. 배가 두 동강이 나는 듯했으며 이 공포는 밤새워 그다음 날 아침까지 이어졌다. 나는 이리저리 쓸리면서 사관실로 향했으나 그곳엔 한 사람도 보이질 않고 주방장은 조리실 한쪽 구석에 쓰러진 채 구토를 하고 있었다.

함장은 밤새 R.P.M. 4,000회를 가동했으나 단 1마일도 전진하지 못했으며 후미에서는 철판이 찢어졌다면서 보고해 왔다. 태풍은 무섭다. 수십만 톤 철선이 두 동강 나기도 하고 엔진이 고장 나고 무인도에 부딪혀 산산조각 나기도 한다. 우리의 군함은 고작 1,000톤이며 태풍 속에서 가랑잎 격이었다. 지금껏 아무 탈 없었던 것은 기적이었다.

어느덧 태풍은 가시고 한낮에 거대한 너울성 파도가 일었다. 바다 위에 떠다니는 온갖 쓰레기들 사이로는 연초록 상어가 먹이질을 하고 있었다. 갑판상사는 저 상어는 저렇게 작아 보이지만 2m가 넘는다고 했다. 상어는 물 표면에서 긴 거리를 직각으로 헤엄치고 있었으며 무시무시했다.

우리 수송단은 드디어 악명 높은 동지나해를 통과했으며 승조원들은 '동지나해 통과 사실 증명서'를 교부받았다. 생소한 것이었으며 그나마도 생명을 담보로 한 인정서였다.

옐로 패트롤 Yellow Patrol

우리 함대는 드디어 베트남 최남방 메콩강 어귀에 이르렀다. 근 10일간의 항해가 끝나가고 있었다. 갑자기 무장 헬리콥터가 군함 주위를 빙빙 돌기 시작했다. 우리 배는 낯선 함정이어서 곧장 미군사령부에 연락되었다. 아군함임이 인정되어 메콩강을 따라 항해를 계속했으며 한시름 놓는 듯했다. 그러나 아니었다.

메콩강은 협곡이 곳곳에 있고 좁게는 100m도 안 되는 병목 지역도 있었다. 그곳은 물살이 빠르고 함정은 더더욱 속도가 느려졌다. 협곡 주변은 베트콩들이 출몰하고, 선박은 기습 사격을 받는 곳이었다. 장병들 모두에겐 개인화기가 지급되고 군의관인 나에겐 이름 모를 기관단총이 주어졌다.

갑자기 미군 쾌속정이 나타났다. 알고 보니 우리 함정을 엄호하기 위함이었다. 바라보니 3~4명의 벌거벗은 미군들이 중기관총으로 중무장하고 있었다. 이름하여 '옐로 패트롤'이었다. 강물이 황토색이라 붙인 이름이었다. 강 주변 정글은 고엽제를 뿌린 결과 훤하게 뚫려 있었다. 우리는 사이공 항구에 무사히 당도했다.

세월이 흐르고 흘렀다. 진해는 미 해군 부대가 주둔하고 있으며 부대장은 대령인데 그중 한 사령관이 해군 중위 시절 그곳 메콩강의 옐로 패트롤 정장이었다고 말해와 감개무량했다.

한 병사의 원수를 사랑하다

한 미군 상이용사는 친구로부터 위안편지 한 통을 받았다.

"당신은 한국전쟁 참전 첫날 오른쪽 팔을 잃었다지. 이 말은 당신 가족으로부터 들었다. 오, 신의 가호가 함께하리라."

러스터〔허버트 R. 러스터(레프티)〕는 6·25전쟁 중 경상남도 창녕 전투에서 오른쪽 팔을 잃었다. 그는 미1해병대(임시) 여단 제5연대 1대대 B중대 2소대 AR(BAR) 사수였으나 1950년 8월 15일 경상남도 창녕군 박진전투에서 부상하고 팔을 잃었다.(필자는 적군이 아닌 '가족 친구'가 그의 팔을 앗아갔다면서 번역하고 글을 쓴다.)

러스터는 그날로부터 30년 흐른 1980년 1월, 대구의 한 호텔로 날아왔다. 자신이 팔을 잃은 박진전투장을 찾아가기 위해서였다. 그곳은 창녕군 남지읍 오곡마을이었다. 그는 드디어 그곳에 이르렀다. 옛날 마을 입구에 있던 정자나무와 10여 채의 농가들은 그대로였다. 그는 도착 즉시, 부상한 오곡마을 뒷산도 올랐다. 그때 부상하고 주저앉았던 움푹 파인 자리도 찾아내었다. 그는 하산 후, 오곡 근방의 한 재실을 빌려 기거하기 시작했다. 때는 1월, 한추위의 냉방에서 그는 침낭 하나로 한 달째 겨울을 나고 있었다. 제대로 먹지도 자지도 못했다. 상이용사로서 모국에서 대접받고 편히 보낼 수 있었건만, 무슨 연유로 이국땅 두메산골에서 그토록 비참한 나날을 보내고 있는지는 아무도 몰랐다.

그러던 어느 날 러스터는 창녕군 남지읍에 거주하는 한 젊은 이를 만났다. 박재윤이라는 사람이었다. 그는 오른쪽 팔이 없는 러스터가 안쓰러워 자기 집으로 안내하고 아래채 헛간 방을 쓰도록 해주었다. 아래채 한쪽은 냄새나는 외양간이었으나 러스터에겐 그곳이 지상천국이었다. 장작불 지피고 밥까지 해주니 박 씨가 구세주였다.

박재윤 씨 부부는 의아했다. 이름도 없는 나라에 아는 이도 없는 사람이, 하물며 이곳 창녕 땅에서 팔을 잃은 그가 먼 미국에서 날아와 몇 달이고 헛간 방에 머무는 것이 예사로 보이지 않았다. 또 한 가지는 그가 매일 십 리 길 북쪽의 오곡 전투장으로 걸어가 전투가 있었던 산을 헤매고, 방 안은 탄피 등 전투 흔적물들로 가득하다는 점이었다. 그렇게 6개월이 지난 어느 날 그는 돌연 미국으로 돌아갔다.

그런데 그것이 끝이 아니었다. 그다음 해 그는 아내를 대동한 채 다시 찾아왔다. 또다시 헛간 방에서 2~3개월을 머물렀으며 이젠 한국에 계속 살겠다면서 서울 출입국관리소를 찾아가기도 했다. 그는 남지읍에 머무는 동안 마을 체육회 행사에 참여하고 야유회도 함께 갔으며 남지 시내를 활보했다. 닥치는 대로 사람들과 전투 이야기를 주고받았으며 학원에서 영어도 가르쳤다. 남지읍에서 그를 모르는 사람이 없었다. 그는 미 해병대 마크가 새겨진 군복을 입고 왼손잡이 45구경 권총을 찬 채 시내를 거닐었다. 해병대로서 창녕전투에 참전했음을 자랑하고 다녔다. 또 미국에 있을 때 소총을 구입해 개머리판에 태극 마크를 새긴 사진을 보여주면서 "I love Korea!"를 연발했다.

러스터가 부상했던 1950년 8월 중순의 창녕전투는 몹시 위급했다. 적군들은 낙동강 도강을 완료한 후 창녕군 영산을 점령했으며, 이어 예비대와 병참기지가 집결해 있는 밀양시를 노리고 있었다. 밀양을 빼앗기면 대구, 왜관, 영천 전선은 매우 어렵게 되고 대한민국의 임시 수도 부산이 크게 위협받는 상황이었다. 부산 돌출부의 최남단 전선인 마산 역시 위협받게 되어 있었다. 바로 이때 경남 고성 방면에 진출해 있던 러스터의 미 해병대는 창녕 오곡전투장으로 급파되었다. 러스터는 이곳 전투 첫날, 팔을 잃었다.

창녕 남지 사람들은 러스터에게 한국 사람 이름을 선사했다. 이름은 '노성도'였다. 이름을 짓고 나니 기가 막힌 일치점이 나타났다. 창녕전투가 한창일 때 오곡 뒷산에서 전사한 인민군 포병 부부대장이 그곳에 묻혀 있었는데, 그 장군 이름이 노석송이었다. 러스터의 노성도와 동일 성씨였고 이름자도 사촌 간인 듯 비슷했다. 러스터도 이 사실을 알고 있는지, 애써 비슷한 이름자를 따왔는지는 알 길이 없다.

러스터는 죽어서도 한국 땅에 묻히고자 했다. 그는 어느 날 자신의 이름자가 새겨진 비석을 박재윤 씨 집으로 가지고 왔으며 자신이 죽으면 적군 노석송 옆자리에 묻어 달라고 했다. 결코 흔한 일이 아니었다. 그는 대화 중에 적병들 이야기가 나오면 간단없이 말을 이어갔으며 적군에 대한 분노 같은 것이 없었다. 친구가 러스터에게 보낸 편지 중의 according to family friend의 according to를 필자는 "가족 친구의 말에 의하면"이 아니라 "가족 친구에 의하여" 팔을 잃었다로 번역했다. 적군을 찬양하면서 떠벌리고 다니는 모습 때문이었다. 그는 적에게 자신의 불구의 몸을 탓하지도, 공격하지도, 신경질적 투사도 하지 않았다. 긍정적 동일화 심리가 발휘되고 있었다.

그의 자서전에는 "'붉은 쓰레기'들의 한순간 섬광이 나의 팔을 앗아갔다."면서 분노하는 표현이 있었다. 그 말은 그때 미군 병사들이 즐겨 쓰는 말이었을 뿐이다. "한국 사람들은 숫자 4를 싫어한다. 나 역시 내 팔을 앗아간 적군 4사단(창녕 공격 주력부대)을 격멸했다. 하지만 지금 4 자는 행운의 숫자가 되었다."면서 술회했다.

러스터의 예명은 레프티Lefty이다. 이 단어는 왼손잡이 또는 좌익으로 풀이되며 그에게는 이 두 가지 모두이다. 그 예명대로 그는 왼팔잡이lefted이며, 그 원인은 좌익들left에 의한 것이다. 이 세상에 이보다 더 멋진 예명이 또 있을까. 그는 천성이 순하고 별명마저 착하게 붙었다. 그는 고등학교 때는 JROTC 전투기 정비사이자 농구선수였으며, 팔을 다친 후에는 대학을 졸업하고 15년간 학교 교사였고, 타계하기 전 10년 동안은 목사였다.

러스터는 2010년을 끝으로 창녕 땅을 밟지 못하니 2012년 1월 향년 81세로 상이기장 훈장과 함께 애리조나 국립묘지에 묻혔다.

나는 박재윤 씨 마당 어느 한구석에 묻힌 러스터의 돌비석을 찾고 있으며, 그것을 찾는다면 창녕박진전쟁기념관 어느 한곳에 세우고 싶다.

그들의 자생력

      6·25전쟁 때 마산과 부산은 인민군 6사단(사단장 방호산)의 위협 아래에 있었다. 8월 초부터 9월이 다 갈 때까지 마산은 격전장이었으며, 9월 15일 맥아더 장군의 인천상륙작전 성공으로 적들은 극적으로 물러갔다.

  9월 26일 진주를 내어준 인민군 6사단은 백두대간으로 후퇴를 시작했으며 그들의 자생력은 이때부터 시작되었다. 11월 초 38선을 넘는 한 달 하고도 조금 더 되는 기간 동안 그들은 해진 여름 복장에다 먹을 것 한 톨 없이 백두대간을 타고 무사하게 38선을 넘었다.

  6·25전쟁이 발발한 그해 8월과 9월의 부산돌출부 전선 - 포항, 영천, 대구, 창녕, 마산 전선의 적군들은 보급이 넘쳐나고 사기가 충천했다. 마산 공략 주력부대 6사단의 포와 포탄 보유량은 마산과 함안을 사수하는 미25보병사단보다 더 우세했다. 그

들은 마산 점령에 이어 대한민국의 마지막 도시 부산을 노리고 있었으며 머지않아 그렇게 될 것이라 믿고 있었다. 전선 주변의 민간인 적색분자들은 뒤따라 의기충천했으며 인민재판을 열고, 부역하고, 자원병이 되었다. 마산전투에 투입된 대한민국 국군 일부마저 변절하고 적군을 도왔다.

그러던 9월 15일, 동경의 극동군 사령관 맥아더 장군의 인천 상륙작전이 성공했으며, 9월 28일 서울을 탈환하자 남한의 적군 10만 명은 완전하게 고립되었다. 한편 10월 20일 UN군은 평양을 점령함으로써 적군은 더더욱 무원고립되었으며 그들은 백두대간을 통하여 후퇴를 하였다. 바야흐로 지옥의 행군이었다.

마산전투 초기 인민군 6사단 정예 병력은 7,000명이었으며 두 달 동안 공방전을 이어가면서 절반 이상이 요절났다. 그러나 10월 태백산을 탈 때는 1만 명 이상의 병력으로 증원되었다. 젊은이들과 농민들이 스스로 인민군이 되었다. 그들은 해진 여름 군복으로 태백산의 10월 추위와 더불어 행군했으며, 먹을 것은 오로지 자생력만으로 해결했다.

자생력이란 무엇인가. 생물은 생명을 유지하기 위하여 스스로 필사의 노력을 다하는 그런 힘을 말한다. 그것은 초인적인 힘이며 유전자 속에 내재해 있다. 미국 사람들은 야생에서 생존을 이어갈 때 Living Out In Land로 표현한다. 1620년대 영국에서 메이플라워를 타고 보스턴 근방에 내린 100명이 넘는 항해자들은 끼리끼리 헤어졌으며 1년 후에 12명이 돌아와 만났다.

그들이야말로 야생에서 자생력만으로 1년을 버텼다. 인간 속에 내재한 그 어떤 불명의 힘이었으며 단지 그 자생력을 발동시키는 동기가 강권이다.

방호산 사단은 전원 중국군 8로군 출신이었다. 긴 세월 항일 독립군이어서 수십 년간 겨울과 여름을 나는 데 익숙했으며 국공 내전을 치르면서 단련된 대륙횡단의 베테랑이었다. 그들은 철저한 공산주의 이념하에 뭉쳤으며, 그들의 유일한 적은 자유민주주의 종주국 미군이었다. 1950년 7월 27일, 6사단은 하동에서 미군 1개 대대와 접전하고 크게 고무되었으며 마산 근방에서 두 달 동안 미25사단에 대항하여 종횡무진했다. 결국 후퇴 길에 올랐지만 사단은 의병들로 넘쳐나고 앞다투어 전선으로 나아갔다. 전투는 무기도 보급도 아닌 싸우고자 하는 의지가 말한다. 세기 전 한니발과 1800년대의 나폴레옹 대군은 의지 하나만으로 눈 덮인 알프스를 넘고 적들을 물리쳤다. 후퇴 중인 방호산 사단은 10월 말 원주 근방에 이르렀을 때 그곳의 빨치산들과 합세하여 후방 교란작전을 펼쳤다는 보도가 있다. 헐벗고 굶주린 병사들이 어디서 그런 힘이 솟아났을까. 그들이야말로 이념의 전투요, 무기와 보급은 그다음의 문제였다.

6사단은 11월 초 유령들의 거짓말처럼 38선을 넘었다. 멀리 진주에서 후퇴한 지 한 달이 조금 더 넘어서였다. 김일성은 수천 명이 더 불어난 병사를 보고 다시 한번 놀라 방호산에게 두 번째로 영웅칭호를 수여했다. 방호산은 군단장으로 진급했다. 겨울이 지나고 다음 해 5월 20일 강원도 인제군 현리에서 단 며칠 만에 국군 3군단 약 절반(1만 5천 명)을 사상케 하니 바야흐로 자생력으로 되살아난 인민군 6사단이 주력이었다.

창녕전투 영웅, 쿠마

창녕군 남지읍에 가면 6·25전쟁 영웅 쿠마 상사의 전적 표지판이 서있다. 남지읍의 기강나루는 낙동강과 남강이 합류하는 Y지점에 자리 잡고 있다. 쿠마 상사는 이곳에서 기록적인 전과를 올려 미국이 최고의 훈장 - 명예훈장을 수여했다.

경상남도 창녕군은 6·25전쟁 격전지였다. 인민군 4사단(사단장 리권무)은 1950년 8월 초 창녕군 낙동강의 굽은 쪽을 도하하고 창녕군 영산을 점령했으며 밀양을 노리기 시작했다. 창녕전투는 1950년 8월 6일 이렇게 시작되었으며 동년 9월 16일까지 이어졌다. 이곳은 부산 돌출부 전선 5곳(포항, 영천, 대구 다부동, 마산) 중의 한 곳이며 병참기지 밀양을 노리는 엄청난 격전장이었다. 미24사단과 2사단이 담당했으며 미해병대가 잠시 투입되었다.

이야기의 주인공 쿠마 상사는 미2사단 9연대 72탱크대대 A중대의 한 탱크장이었으며 1950년 8월 25일 창녕전투에 투입되

었다.(미2보병사단은 인디언 머리 사단-오늘날까지 38선 서부전선을 지키고 있으며 주한미군 주력부대임)

1950년 8월 31일 늦은 오후, 쿠마 중사(당시의 계급)의 M-26 퍼싱탱크는 다른 한 대의 탱크와 두 대의 장갑차와 함께 보병 2개 분대 지원 아래 창녕군 남지읍 서북 2km 지점의 남강과 낙동강이 만나는 Y지점-기강나루터 근방에 이르렀다. 야간에 도강하는 적군을 저지하고 분쇄하는 임무였다. 창녕군의 낙동강 전선은 배후의 병참기지 밀양을 사수하는 전투장이었다. 밀양은 임시수도 부산과는 기차로 1시간 거리이고 대구는 30분 거리여서 대한민국의 존폐가 걸린 전투장이었다. 밀양이 공격받으면 부산돌출부의 최남서쪽 마산 전선까지 영향을 끼칠 수 있었다.

8월 31일 22시 쿠마의 M-26 퍼싱탱크 정찰대는 기강나루 강 건너 서쪽으로부터 박격포 집중포격을 받았다. 무시무시한 포격이었으며 정찰대 오른쪽의 9연대 A중대도 동시에 공격받았다. 30분 후 안개가 걷히면서 수중 부교를 이용한 적군 500여 명이 도강하기 시작했다. 쿠마는 50구경 기관포와 탱크 주포로 저지했으며 교전이 벌어졌다. 그 순간 A중대는 이유를 알 수 없게 후퇴해 버리고 쿠마 전차부대는 홀로 남았다. 미군 군복으로 위장한 적들은 계속 몰려오고 전투는 이른 새벽까지 이어졌으며 적들은 탱크 수 미터 전방까지 접근했다. 이때 쿠마는 발에 부상을 입었다. 두 대의 무장장갑차와 탱크 한 대가 파괴되고 병사들은 흩어졌다. 홀로 남은 쿠마 탱크는 해치를 열고 50구경 기관포로 무조준 사격했다. 근거리 접전이었다. 탄창이 바닥나고 그는 45구경 권총과 수류탄으로 맞섰다. 다음 날 7시 30분이었으며 드디어 상황이 종료되고 쿠마는 어깨에 또다시 부상을 입은 상황이었다. 그는 고장 난 탱크를 몰고 13km 멀리 있는 본대로 이동하기 시작했으며 도중에 탱크를 향하여 불을 뿜는 3곳의 적군 기관총 진지를 차례대로 무력화시켰다. 전투 중 항공기, 포병, 공병, 수색 등 제병협동諸兵協同이 전무했으며 단신 망치로 내려치듯 250명을 처치했다.

쿠마의 영웅담은 6·25전쟁 발발 2개월 5일 만인 밤이었으며 6·25전쟁 중 처음 있는 전과였다. 그는 최초의 '명예훈장' 수여자

트루먼 대통령(왼쪽 세 번째)이 쿠마 상사(오른쪽 첫 번째)와
또 다른 한 명에게 최고의 훈장 '명예훈장'을 수여한 후
기념촬영한 장면

가 되고 백악관에서 트루먼 대통령이 훈장을 수여했다.(사진 참조)

전투는 전천후 무기가 아닌 싸우고자 하는 의지가 승패를 결정한다. 그는 이국만리에서 두 곳의 총상에도 불구하고 최후까지 싸웠으며 최고 명예의 전사가 되었다.

명예훈장상은 1863년에 제정되었으며 미국 역사 이래 약 3,500명에게 수여했다. 매월 1,300불의 연금과 각종 혜택이 주어진다.

쿠마의 단신 250명 사살 기록은 미국 군사상 처음 있는 전과였다. 앞서 1943년 2차 세계대전 중 이태리와 남프랑스 전투장에서 홀로 240명을 해치운 오디 머피를 앞질렀다. 머피의 승전은 1년간의 전과기록이었다.

쿠마는 1951년 5월 19일 미국으로 돌아갔다. 그 후 모병관, 콜로라도주의 미 포트 칼선Fort Carson 근무 및 독일 파병 등을 거쳐 마지막으로 켄터키주의 포트 녹스Fort Knox의 기갑학교〔Armor School〕 포술교관이었으며 총 31년간 미 육군 정규군인이었다.

쿠마 상사는 1919년 네브라스카주 출생, 53세 전역, 1993년 켄터키주에서 사망(향년 74세), 그곳의 탱크 교육부대 포트 녹스 공원묘원에 안치되었다.

기갑학교 포트 녹스는 그를 기억하는 행사로 매년 쿠마 이름을 딴 탱크 및 장갑차 포술 경진대회를 열고 있다. 시내 녹스의 아이젠하워 거리 한 식당에는 쿠마의 이름자가 새겨진 벽걸이 사진이 걸려 있다.

김덕형의 모험과 기적

남해읍에는 '미공군전공기념관'이 있다. 작고 초라하지만 이야기는 길고 사무친다.

1945년 8월 7일 이른 새벽, 남해읍 앞산 망운산(780m) 정상에 큰 폭음과 함께 불길이 치솟았다. 남해읍에 사는 김덕형(당시 31세)은 이 장면을 목격했으며 아침 일찍 그곳으로 향했다. 현장은 놀라웠다. 산산조각 난 비행기하며 11구의 시신이 널부러져 있

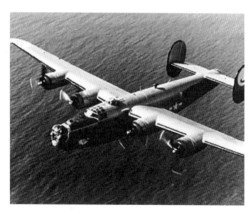

미 공군 B-24 폭격기
(1943년 B-29 폭격기가
개발되기 전까지 미 공
군의 주력 폭격기였음)

남해기념관에 전시된 B-24폭격기 승무원 11명의 모습들
(공군 중위가 기장이며 모두가 20세 전후의 청년들이었음)

었다. 이 비행기는 미공군 B-24폭격기(사진 참조)로 태평양 전쟁 말기, 오키나와 공군기지를 이륙해 여수시 일본 군사시설을 폭격 중에 일본군 대공포에 피격되어 그날 새벽 망운산에 추락했으며 승무원 11명 전원 사망했다.

김덕형은 유해만이라도 수습해야겠다면서 인부를 동원하여 현장에 도착했다. 혼비백산하는 인부들을 가까스로 설득해 돌무덤 11개를 만들었다.

때는 태평양전쟁 말기였으며 일본은 태평양전쟁에서 패전을 거듭하고 분노가 극에 달해 있었다. 김덕형은 일본 관리들에게 체포되고 진주 주재소(오늘의 경찰서)로 연행되었다. 그는 미군 스파이로 취급되어 형언할 수 없는 고문을 받았다. 그들은 실탄을 장전한 장총을 입에 물리고 자백을 강요했으며 현장에서 사살

할 참이었다. 바로 그 순간 귀 옆으로 스치는 탄환의 요란한 총소리를 듣고 김 옹은 기절했다.

고문은 계속되었으며 그러던 며칠 사이에 기적 같은 일이 김 옹에게 다가왔다. 1945년 8월 6일, 일본 히로시마에 원자탄이 떨어졌다. 김 옹이 잡혀가기 2일 전이었다. 또다시 8월 9일, 나가사키에서 한 차례 더 원자탄이 폭발했다. 일본은 위기에 몰렸으며 8월 15일 드디어 미국에 항복했다. 태평양전쟁의 막이 내린 것이다. 김 옹은 고향 남해로 돌아왔다. 그야말로 기적의 생환이었다.

그는 돌아오자마자 780m 망운산을 매일같이 오르내리면서 추락 현장에 미 공군 전사자 기념탑을 만들기 시작했으며 10년간을 오르내렸다. 뒤늦게 알아차린 미국은 김덕형에게 미국 일등훈장을 수여했다. 그는 남해읍에서 자신 소유 건물 위층에 미 공군 장병 11명을 기리는 '미공군전공기념관'을 만들고 초대 관장이 되었다.

필자는 1994년 여름 남해로 갔으며 80세의 김 옹을 만났다. 우리 둘은 긴 이야기 속으로 젖어들었으며 그도 나도 울었다. 미국은 김 옹에게 무엇인가 베풀고자 했으나 크게 사양했다. 1965년 남해대교가 준공되었을 때 사람들은 그때 김 옹 덕분이라고들 전하고 있다.

필자는 2020년 11월 초, 남해 망웅산의 미공군전몰기념탑을 참배했다. 망운산 정상 아래 절벽의 로프를 잡고 150m쯤 오르내렸다. 김 옹은 95세로 타계하고 망운산은 미군 이름자와 김 옹이 새긴 기념탑만 외롭게 서 있었다. 이승만 대통령은 정면에 자필기념비를 세웠고, 김대중 대통령은 절벽의 마당을 손질했으며, 김영삼 대통령이 다녀가고, 전두환 대통령은 매년 기념행사를 챙겼다.

　기념관은 '사단법인 미공군전공기념사업회' 라는 명칭으로 자제분이 이어가고 있다. 매년 추모제를 올리며 올해(2025)로 80회째를 맞이한다. 추모식은 해마다 11월 첫째 금요일 오후 2시로 정해져 있으며 미 대사관 직원, 대구의 미 육군사령관, 남해군수, 6·25참전 전우들이 참석한다.

기록과 보존의 나라, 미국

필자는 미국 서류저장처에 메일을 보냈다. 70년 전 6·25전쟁 때 마산 북쪽 15km 지역에서 두 달 동안 전투한 미25보병사단의 전투일지를 요청했다. 메일을 보내고 몇 달 후 700쪽의 전투일지가 당도해 몹시 놀랐으며 한편 즐거웠다.

1950년, 중학교 2학년 때 6·25전쟁이 발발했다. 그때 나는 진해에 살았으며 마산 근방에서 치러지고 있는 전투를 수시로 접할 수 있었다. 진해는 미18전투기부대(무스탱)가 주둔하고 있었으며 120여 대의 전투기는 마산전투의 미25보병사단을 공중지원하고 있었다. 학교는 휴교되고 나는 미군들의 잔일을 도와주는 일을 했다. 전투기가 출격하고 기체가 손상된 채 귀환하는 비행기들을 여러 대 바라보았으며 마산전투의 실상을 짐작할 수 있었다. 어떤 때는 마산 근방의 게릴라가 멀리 진해 비행장으로 출몰해 한밤에 격전이 벌어지기도 했다.

마산전투는 격렬했다. 인민군 6사단(사단장 방호산)은 10만 남침 인민군 중 최정예 부대이며 전원 조선족으로 구성된 중국인민해방군 166사단이었다. 풍부한 전투 경험에다가 사단장 방호산은 열네 살 때부터 항일 독립운동 게릴라고, 국공내전을 치른 최고의 전략가요 전술가이며 행군으로 달통한 장군이었다. 마산 점령에 이어 대한민국의 임시수도 부산을 노리는 군대이며, 북한 김일성은 진작부터 그 의무를 방호산에게 부여해 놓고 있었다.

미25사단 병사들은 마산을 방어하면서 미8군사령관 워커 장군의 "죽음으로 마산을 지켜라, Stand or Die."라는 명령에 따랐으며 마산과 대한민국의 임시수도 부산은 안전했다.

나는 700쪽의 전투일지를 2년간 낱낱이 번역했으며 400쪽의 『마산방어전투』(2020, 청미디어)를 발간했다. 내 고장 사람들은 마산전투를 잊고 있었다. 국방부 6·25전사편찬위원회의 마산전투 기록은 편집한 대의만을 기록하고 있었으며, 그것마저 틀린 곳이 수두룩했다. 육군사관학교에서 발간한 '6·25전투 60대 전투'에는 마산전투 흔적마저 없었다. 필자의 번역서는 최초의 마산전투 실화로 사람들이 비로소 마산전투에 대해 알게 하였다. 창원시는 2024년에 전쟁기념관을 건립하기로 결정하고 현재 공청회를 마무리하여 진행 중이다. 가슴 뿌듯하고 자랑스럽다.

지구는 80억 인구가 살고 있다. 나는 그중의 한 사람이며 미

미한 존재이다. 이런 사람이 미국이라는 나라를 향하여 70년 전의 서류뭉치들을 뒤져달라면서 요청했으며, 미국은 한 마디 불평 없이 보내주었다. 국가 간이나 사회단체도 아닌 한 개인에게 말이다. 미국이라는 나라는 위대하다. 언제부터인가 전투 일지를 기록하고 있었으며 그것을 국가가 보관하고 관리해 필요한 사람에게 제공하고 있었다. 진정한 자유민주의 국가이며 세계를 향하여 공개하고 베풀고 있는 것이다. 공산주의와 독재국가는 상상도 못 할 일들이다.

우리나라는 6·25전쟁을 치르면서 부대에서 전투일지를 작성하지 않았다. 아니 하지 못했다. 3년간의 전쟁을 치르면서 꽃다운 젊은이 14만 명이 전사했건만 시신들은 흩어진 채 흔적을 찾을 수 없다.

미25보병사단의 마산전투는 대한민국의 임시수도 부산을 지킨 전투였다. 그때의 마산전투장은 부산 돌출부 전선-포항, 영천, 다부동, 창녕 영산 지역 전투장 중 대한민국의 임시수도 부산과는 50km 거리로 가장 가까운 전선이었으며 미25사단 병사 1,800여 명이 전사하고, 1,000여 명이 실종되고, 5,000여 명이 부상하면서 지켜낸 전투였다. 미25보병사단의 전공을 가슴 깊이 새기는 바이다.

가죽 신발 워커

미국 군인들이 신는 워커 한 켤레를 선물 받았다. 얼마나 좋았던지. 중학교 때였는데 고등학교 졸업 때까지 신고 다녔다.

중학교 2년 때 김일성이 남침하여 6·25전쟁이 벌어져 진해 비행장은 미군 전투기로 가득하고, 주변은 대공포 부대가 포진하고 있었다. 학교는 휴교되고 나는 그곳에서 잔일을 거들었다. 어느 날 미군은 자기가 신던 워커 한 켤레를 나에게 주었다. 작은 키와 작은 발에 어울리지 않았지만 눈물겹도록 고마웠다.

그때는 검정 고무신이 전부였다. 여름철 먼 길 학교를 가면 발은 땀과 먼지로 범벅이고 발 내디딜 때마다 찍찍 소리가 났다. 겨울은 양말 한 켤레 더 신었지만 신으나 마나 했다. 그런 참에 가죽 구두를 선물 받았으니 얼마나 좋았겠는가.

1년을 줄곧 신었으며, 그다음 해는 고등학생이 되었다. 그때까지도 워커는 건재했다. 그보다 더 좋은 것은 구두창이 높아

나의 열등감을 만회해 주는 것이었다. 나는 또래에서 키가 제일 작은 게 부끄러웠다. 여학생들 앞을 지날 때 더욱 부끄러웠는데 이때 워커가 용기를 주었다. 키가 조금은 더 크게 보이는 그런 점이 나를 반하게 했다. 여름철 더위 따위는 문제가 아니었다. 발에 무좀이 생기고 발이 부었는데도 아랑곳하지 않았다. 그때의 무좀은 늙은 이 나이까지 이어지고 있다. 워커의 기억은 희미해져 가지만 무좀을 바라보면 그때의 여름 더위와 발이 떠오른다. 상처인가 추억인가.

그때는 워커를 신은 학생이 없었다. 우리 반에 집이 부자인 한 학생이 있었는데 그는 푸른 농구화를 신고 다녔다. 얼마나 부러웠던지, 하지만 몇 달 후에 바라보니 너덜너덜하고 볼품이 없었다. 몇 년째 먼 길 신고 다니는 내 군용 워커가 더 좋아 보였다.

구두는 낡아가고 있었다. 구두 뒤창은 바깥쪽으로 다 닳아 본 창이 드러나고 신발 앞창은 하늘로 향했으며 가뜩이나 작은 키에 모습이 말이 아니었다. 구두끈도 낡아서 p.v. 야전 전화선을 구두끈 대신으로 했다. 그것이 또다시 마음에 걸렸다. 그렇지만 벗어던지고 싶지는 않았다. 그때의 한길은 자갈로 뒤덮여 있었고 시골에서 학교까지 40리 길을 걸어서 통학했는데 워커가 안성맞춤이었다. 군용트럭이 지나면서 돌을 튕겨서 발을 다치는 학생들이 있었으나 나는 아무 탈이 없었다. 일부러 자갈을 발로 걸어차면서 걸어갔다.

오늘날 나는 워커 세 켤레가 있다. 국산이 아닌 미군용 워커들이다. 등산, 사냥, 일할 때도 워커를 신는다. 반질반질하게 손질한 구두에 바짓가랑이를 집어넣고 구두끈을 쪼아 매면서 즐겨 신는다. 그런데 워커 세 켤레는 한결같이 치수가 크다. 치수를 알고 골랐는데도 신발은 한결같이 크다. 어찌 된 영문인가. 사춘기 때 조금이라도 키 크게 보이려던 그 욕구들이 성격화된 현상이리라. 신발 치수를 보니 지난날의 열등감 콤플렉스를 헤아리고도 남는다. 추억은 지독하다.

4부

마산만의 소모도 해협

Never say Never

　　　　　　　"Never say Never"는 2023년 내셔널 지오
그래픽 TV 채널의 한 프로그램이다. 200kg 과비대중인 한 중년
남자 이야기로 그는 젊은이들조차 힘든 운동들을 척척 해내고
있었다. 그 몸에 하지 않는 운동이 없었다. 순전히 그 사람의 의
지였다.

　Never say Never. 이 문구는 경우에 따라 다르게 번역될 수
있다. Never는 사전에 '일찍이', '조금도 … 않다'이며, 문장 끝
에 또다시 never를 삽입함으로써 2중 부정이 된다. 그 어떤 무
한의 가능성을 강조할 때 사용하는 긍정문이다. 강력한 부정은
곧 긍정이듯 화면 속의 주인공 제프 젠킨스는 움직이기조차 힘
든 200kg 체중으로도 자유자재로 활동하고 있었다. 천 길 외줄
타기, 암벽 등반, 빙산 트레킹, 궁중무술, 보트레이스, 수중촬영
등을 척척 수행한다. 내셔널 지오그래픽 제작진은 프로그램 이
름을 'Never say never'로 정하고 전 세계로 방영했다.

대체로 거구들은 움직이려 하지 않는다. 그런 나머지 결국은 움직이지 못하게 되고 그것으로 끝이다. 젠킨스는 움직이고자 결심했으며 스스로 야외활동에 참여하고 최선을 다해 움직였다.

영화 〈북서로 가는 길North-West Passage〉(감독 킹 비더, MGM, 1940)의 랭돈 소대장은 하지골절상을 입고 걸을 수 없는 몸임에도 포기하지 않고 기고 또 기어간 나머지 부대로 돌아온다. 살아서 돌아가겠다는 의지 하나가 그로 하여금 움직이게 했다. 사람들은 많이 아프면 움직이려 하지 않다가 움직일 수 없게 되며 끝내 요절하고 만다. 젠킨스 역시 부동의 자세가 제일 편안했겠지만 그 길은 곧 죽음임을 깨달았으며 의지를 발휘했던 것이다.

내 고장에 이런 일이 있었다. 쇼윈도 안의 아버지는 밖을 바라보고 있는데 길거리의 어린 딸이 굴러오는 트럭에 깔리기 직전이었다. 문을 열고 나갈 시간이 없자 그는 쇼윈도를 박차고 뛰쳐나가 아이를 구했다. 그런데 그 유리창은 뛰쳐나간 사람 모습 그 모양대로 깨어져 있었으며 다른 부분은 멀쩡했다. 그 비대한 남자에게서 그런 민첩함과 힘이 어디서 솟아났을까. 그날 아침 그곳 거리는 깨어진 유리창 구경꾼들로 넘쳐났다.

기적 같은 일은 흔하게 벌어진다. 신문지상에서 본 일인데, 동물원에서 사자가 아기를 낚아채 당황한 어머니가 양손으로 철망을 젖히고 아이를 구했다고 한다. 그 가냘픈 여인이 무슨 힘으로 철망을 젖혔을까. 그 답은 하지불구의 몸을 가진 사람이 걸어서 세계를 일주한 이야기에 비유된다. 한니발은 기원전에 눈 덮인 알프스를 넘었고, 나폴레옹은 1800년대 초 알프스를 넘어 이태리 북부 '마렌고 전투'를 치렀으며, 그 유명한 '내 사전에는 불가능은 없다'는 말을 했다.

사람은 왕왕 자신의 능력을 과소평가한다. "나는 그런 것은 못 한다.", "소질이 없다."면서 포기한다. 나 역시 그런 관념 속에 사로잡혀 있었다. 그러던 60대의 어느 날 단신 3km를 수영하고, 54km 지리산을 14시간 만에 완주했다. 이렇게 모험을 하고 나니 생각이 달라졌다. 지난날은 헛살았구나. 먹고 자고 일하고 별일 없으면 그것이 행복이라고 여겼는데, 아니었구나. 죽을 판 살 판으로 일해본 적도 없고 잘하는 것도 없다. 아니 할 줄 아는 운동 하나 없고 악기 하나 다룰 줄을 모른다. 어릴 때는 불안해서 어머니 곁을 떠난 적이 없었다.

미국의 부부작가이자 교육가인 Mark와 Jan Foreman의 저서 『Never say no』(David Cook, Colorado, U.S.A., 2015)가 있다. 미국의 교육은 일찍부터 '나는 못 한다'가 아닌 'yes'로 답하는 자세를 가르치며 오늘날의 최선진국이 되었다. 어려서부터 도전하고 갈고닦으면 희망이 보이고, 연이어 매진하면 무엇인가 손에 쥐는 것이 있기 마련이다. 이름하여 성공한 삶이다.

새가 하늘을 날듯이 사람은 하늘을 날 수 없을까. 130년 전라이트 형제는 스스로가 만든 비행기로 2~3분간 비행했으며, 그것이 힘이 되어 1969년 암스트롱은 달나라를 오갔다. 오늘날의 컴퓨터 문명을 생각해 보라. 이 모두는 인류의 의지, 즉 인류의 변증법적 사고방식의 결실들이었다.

Never say never. 다시 한번 다짐한다.

나는 아니라고 말하지 말라.

나는 못 한다고 말하지 말라.

나는 안 된다고 말하지 말라.

경호gung ho, 工和

경호gung-ho라는 낱말이 영어사전에 있
다. 열심히, 열렬한 등의 의미이나 열렬함과 진정함을 뜻하는
단어 enthusiastic, eager, passion 등과는 크게 구별되는 '최고
도의 열렬함'을 표현할 때 사용한다. 생과 사를 넘나드는 열렬
함이라고 할까. '마음 내키지 않음〔halfhearted〕'과 '나태함
〔sluggish〕'이라는 단어와 완전하게 반대되는 낱말이다.

경호가 영어사전에 등재된 역사는 길지 않은 듯하다. 이 단어
는 1945년 태평양전쟁 때의 미 해병대 에반스 P. 칼슨(1896~
1947) 중령의 군사 지휘 철학의 한 용어로 사용되었으며 그때부
터 미국 사람들은 즐겨 쓰기 시작했다. 사회 단체나 개인 회사
의 사훈이기도 한 단어이다.

칼슨의 활약은 이러하다. 1936년 중국은 항일 투쟁이 한창이
었으며 이때 칼슨은 미 해병대 대위로 중국 모택동의 8로군-인
민해방군의 정보장교로 파견되었다. 조선과 중국은 미국과 함

께 일본에 대항하여 싸우고 있었으며 바로 그때 칼슨은 8로군과 함께 활약했다. 그때 중국 병사들은 무엇인가에 홀린 듯 진격했다. 그들의 외침은 바야흐로 경호工和였으며 그 정신 아래 협동하고 단결하여 전투를 치러 매번 승리했다. 그 효과는 가히 마법과도 같은 힘이었다.

칼슨은 미국으로 귀국했으며 예편했다. 1941년 미·일 태평양 전쟁이 발발하고 그는 소령으로 재입대하고 곧장 중령으로 진급하면서 미 해병 제2특공대 대대장이 되었다. 그에게 주어진 임무는 중앙태평양 길버트 제도의 마킨섬 기습 작전이었다.

그는 자원병 모집에 돌입했다. 그때 지원 조건은 '고도의 열정을 지닌', '지나칠 정도의 야심만만한', '매우 열광적'인, 그러면서 전우애를 발휘하고 서로 협동하는 자세의 경호 정신을 조건으로 내세웠다. 그는 자원병 221명을 확보했으며 병사들은 곧 상상을 초월하는 위험하고도 강력한 훈련에 돌입했다. 그런 후에 한 번 더 테스트를 거쳐 드디어 '전투에 관한 한 미치도록 열렬한(really gung-ho about war)' 병사들이 탄생했다. 사람들이 외치는 '파이팅'과는 차원이 다른, 마음속 깊이 조건반사화되고 체질화된 파이팅 정신으로 무장한, 전투에 관한 한 죽음도 두려워하지 않는 그런 병사들이었다.

칼슨 특공대는 1943년 8월 17일 호놀룰루에서 잠수함에 승선하고 10일간을 수중항해 끝에 마킨섬에 이른다. 이 섬의 요새 중 한 곳은 일본군 육전대 40~50명이 철통 같은 진지를 구축한 채 방어하고 있어 난공불락이었다. 미군들은 지금껏 실패를 거듭하다 드디어 칼슨 특공대가 투입되었다. 특공대는 개인 화기만으로 무장했다. 전투는 무기의 우월성이 아닌 전투 의지가 판가름한다고 확신해 경무기만으로 무장한 것이다. 드디어 상륙작전이 전개되었다. 한 해병은 상의를 벗어던진 채 수류탄을 들고 기관총 진지로 돌진해 왜군 토치카를 파괴하였다. 한 명의 군인이 철통 같은 왜군 진지를 파괴한 것이었다. 흔한 일이 아니며, 이 전과는 오로지 경호 정신으로 무장된 한 병사의 전과였다. 아군은 전사 18명, 실종 11명을 기록했다. 짧은 시간에 적지 않은 사상자였다. 난공불락의 일본군 진지는 함락되고 미군은 중앙태평양전투에서 비로소 기승을 잡을 수 있었다.

칼슨 특공대의 승리 소식은 전 미국으로 퍼져 갔다. 그는 매스컴의 전쟁 영웅으로 태어났다. 칼슨의 경호 정신이 이룩한 대승리였다. '경호' 단어는 미국의 태평양 전쟁사를 빛낸 대표적인 용어로 등장했고 미국 전역으로 확산되었다. 그의 전투기는 〈경호1943〉이라는 이름으로 영화화되었다.

칼슨 부대는 이어 미 해병대와 함께 남태평양의 과달카날섬 전투에 투입되었으며 일본군 480명을 사살했다. 1944년 6월, 칼슨은 다시 사이판도 상륙작전에 투입되어 크게 이름을 떨쳤다. 그는 부하 한 명을 구한 후 크게 부상당했으며 준장으로 진급되고 1947년 타계하니, 향년 51세였다.

월튼의 기적

1990년 중반, 미국의 직원 1,500명이 넘는 한 생산 공장은 경영부실로 내일모레 폐업을 준비하고 있었다. 월튼이라는 이름의 32개 자회사 공장 중 최하위인 제2공장이었다. 바로 이때 회사 운영 초보자 페기 싱클레어가 사장으로 부임했다. 그녀는 일찍부터 경호정신의 실천가였으며, 그 정신으로 1,500명의 직원들 앞에 나타났다. 직원들은 퇴근 시간 30분 전이면 마치 화재경보기라도 울린 듯 사무실을 빠져나갔다. 나태함의 극치였다. 페기는 회사 침몰의 이유를 단번에 알 수 있었다.

페기는 결심했다. 개인이든 조직이든 변하지 않으면 살아남을 수 없다며 직원들에게 경호 정신을 불어넣기 시작했다. 지도자가 아닌 사원일지라도 무한의 창조적 가능성을 지니고 있음을 일깨우고, 그것을 발휘시키고자 한 것이었다. 동기를 부여받지 못하면 그 능력은 무용지물이다. 그녀는 혁신과 창의성, 능률과 생산성, 고객 만족적 경영 등 모든 부분을 스스로 참여하도록 밀어붙이며 끝없이 시도했다. 1년 동안 계속되자 회사는 서서히 빛을 보이기 시작했다.

그는 주장했다. "다람쥐의 겨울 준비와 비버들의 수중 집짓기를 누가 시켜서 하는가. 선조들이 하는 것을 바라보았을 뿐, 그 배움 하나로 스스로 죽을 때까지 일한다." 패기는 그런 사상을 직원들에게 불어넣었으며, 3년이 흐른 어느 날 백악관은 이 회사를 능률성, 생산성, 혁신 및 창의성, 고객 서비스 면에서 미국 제1의 작업장으로 선정하고 표창했다.

폐기의 경호 정신이 1,500명의 마음속에 내재한 무한의 창조성에 불을 지른 것이다. 바야흐로 경호 정신 발휘였다.

"친구들이여, 다시 시작합시다. 경호!!!"

내로남불Naeronambul

　　내로남불은 '내가 하면 로맨스, 남이 하면 불륜'을 줄인 말이다. 자기합리화나 정신승리를 하는 좋지 않은 행동을 비꼬는 말이다. 우리나라 정치인들이 많이 쓰는 용어이며, 피차간에 위선임을 알면서도 상대방을 공격할 때 사용하는 낱말이다.

　　우리나라 좌파들이 최초로 사용한 후 많은 사람들이 뒤따라 사용했고, 〈뉴욕타임스〉가 이 사실들을 영어로 번역하여 전 세계에 보도하기도 했다. 우리나라 정치인들은 반대되는 정당을 향하여 내로남불하며, 개인적으로도 사용한다. 그것이 오늘날의 정치사이며, 국민들은 가짜뉴스로 고통받고 있다.

　　언행은 무의식 과정이지만 내로남불은 한결같이 의식 선상에서 진행된다. 지난날 나의 비행은 무조건 덮어두고 자신과 똑같은 비행을 저지른 상대방을 끝없이 부도덕하다고 비난한다. 매우 불건강한 방어기제요, 자세다. 사자성어 아시타비我是他非

(나는 옳고 다른 이는 그르다)의 뜻을 내포하고 있으며, 완전하게 아전인수 격이다.

내로남불하는 행동은 유치하다. 1차적인 원시적 사고방식의 한 산물이며, 자신을 뒤돌아보려 하지 않고, 믿음도 없다. 누가 말해도 고치려 하지 않는다. 편집증 환자들이다. 자신의 잘못이 지적되면 그것은 네 탓이라면서 탓을 돌리니 하는 말이다.

이론과 논리가 통하지 않고, 어떤 진실을 말해도 들은 척도 하지 않는다. 반성의 기미가 보이질 않는다.

내로남불은 1990년대 말 그 이후에 생겨났다. 사회주의자들이 만들어낸 산물이며 그들의 특기인 선동의 목적으로 사용한다. 많이 배운 사람, 잘사는 사람, 기성세대를 향하여 분노하게 선동하고 유도하며, 우리의 가난은 그들의 착취의 결과라면서 분배원칙을 고집한다.

아울러 보수단체를 계획적으로 비방하고 와해를 일삼고 그 자리를 넘본다. 아주 유치한 전법이다. 오늘날 많은 사람이 그렇게 선동되어 있으며 매우 위악僞惡적으로 변질되고 있다.

자기편의 죄가 세상에 드러나도 가짜뉴스라고 주장하고, 당사자 역시 정치적 탄압이라면서 분노하고 있다. 양심이라고는 찾아볼 수 없는 전형적인 내로남불이다. 정치인들은 직위가 높을수록 더 많이 내로남불한다.

NYT-〈뉴욕타임스〉는 2021년 4월 7일 내로남불에 대한 기사를 실었다. 그들은 내로남불 행위를 영문으로 대충 번역했다면서 실린 내용은 아래와 같다.

"If they do it, it's a romance; If others do it, they call it an extramarital affair."

NYT는 이어 대한민국의 정치는 괴변의 정치라면서 전 세계로 향하여 함께 기사를 날렸다.

선동은 독재와 사회주의자들의 핵심 전략이다. 선동을 획책하는 주범은 고위급 위정자들이며 선동 방식은 주입 방식이다. 공산주의 지도자들은 사실과는 반대되는 주장을 하면서 줄기차게 밀어붙이고, 결과적으로 일반인은 물론 학자들마저도 그 선동이 옳다고 믿게 된다.

선동 방법의 주된 무기는 내로남불 방식이다. 국민들은 거짓말이라면서 처음에는 믿지 않다가, 한 번 더 계속하면 의심의 눈초리로 바라보게 되고, 마지막에 가서는 믿어버린다. 선동은 이렇게 바라는 바를 기어코 달성시킨다.

거짓말 선동은 한 문장으로 가능하지만 반박하려면 수십 장의 글로도 모자라고, 그때는 이미 선동되어 있다.(독일의 2차 전쟁 전범자 괴벨스)

자유민주주의 국가는 내로남불을 용납하지 않는다. 사실을 논리정연하게 전개하며 합리적이고 논리적이다. 상대방을 끝까지 설득하고 소기의 목적을 달성한다. 그런 과정과 더불어 사회는 발전하며, 이것은 곧 자유민주주의의 기본이며 꽃이다.

NYT가 한국 정치인들의 내로남불을 바라보면서 대한민국은
과연 자유민주주의 나라인가 의심했을 것이다.

영화 〈북서로 가는 길〉의 가르침

(North‑West Passage)

당신은 의지와 인내 그리고 항상성을 어디서 배우는가. 나는 영화 〈북서로 가는 길〉의 유격대 소대장 랭돈 중위로부터 배운다.

1750년대의 미국은 대영제국 통치하에 있었다. 그때 프랑스는 미국 대륙으로 진출했으며 인디언을 앞세워 그들의 뜻을 펼쳐가고 있었다. 난감한 대영제국은 미군 용병들을 앞세워 인디언과 프랑스 잔당을 제압했으며, 이 영화는 그때의 전투를 그린 실화이다.

주인공 유격대(중대 규모)장 로저스 소령(로버트 트레시)의 지휘력은 크게 돋보인다. 소대장 랭돈(포버트 영)은 대퇴골 골절상을 입었으며, 부대는 그를 남겨둔 채 떠난다. 그때부터 랭돈은 사투를 벌이면서 모대로 귀환하는 스토리이며 그 투지가 관객들을 사로잡는다. (1954, MGM 제작, 1945년 우리나라 상영)

용병대장 로저스 소령은 인디언 토벌을 떠나기 하루 앞서 소대장 랭돈과 럼주를 과음한다. 사령관은 밤새워 작전 계획을 수립하고, 랭돈은 아침 늦게 나타난다. 사령관은 처음부터 "나는 바쁠 때면 잠은 조금만 잔다." 면서 부하들에게 본때를 보인다.

유격대원은 17척의 보트에 나누어 타고 드디어 출동한다. 거대한 호수의 석양이 수려하다. 대원들은 한 발 한 발 죽음의 적진으로 다가가고 있었다. 그러나 모든 것을 잊은 채 추억에 잠겨 콧노래를 부른다. 해가 지면 배가 산으로 갈 것도 짐작 못 한 채.

경비가 삼엄한 수로 길목에 이른 유격대는 드디어 배를 산으로 끌고 간다. 해는 저물고 17척의 보트는 밤새워 산을 넘는다. 이튿날 아침 만신창이의 몸으로 반대편 수로에 이르고, 대원들은 배가 산으로 갔다면서 경악을 금치 못한다. 사령관이 예측했던 대로의 작전이었으며 예지와 추진력의 결실을 유감없이 보여준다.

대원들은 다음 날 여명에 인디언 요새에 이르고 프랑스의 대포와 소총으로 무장한 인디언을 소탕하기 시작한다. 옛날 옛적의 인디언과의 화살 전투가 아닌 현대전을 방불케 했으며 인디언은 섬멸된다. 보트를 잃은 유격대는 행군으로 모대로 향한다. 이때 랭돈은 하지골절상을 입어 홀로 남는다. 부상병 한 사람 때문에 전체가 위험에 놓일 수는 없었다. 랭돈은 돌연 무원고립되었으며 영화의 하이라이트는 지금부터 시작된다.

랭돈은 골절상으로 일어서기는커녕 한 발 내디딜 수도 없었다. 며칠을 사투한 끝에 그는 한 발 한 발 기어갈 수 있었다. 마지막 강냉이 몇 알마저 바닥나고 초근목피하면서 오로지 포복으로 전진했다. 앞서 떠난 대원들은 고된 행군과 허기에 시달리고, 병사 한 명은 '집이 보인다, 어머니가 부른다' 면서 절벽 아래로 사라지고, 또 다른 병사는 들소나 잡아먹겠다면서 뒤처져버리고, 일부 병사들은 가깝다는 다른 길을 떠났으며 끝내 돌아오지 못한다.

랭돈의 한 발 한 발 포복은 눈물겨웠다. 한 뼘 한 뼘 나아가는 장면은 영화였기에 그나마 눈을 뜨고 바라볼 수 있었다. 그는 사랑하는 여인이 있었으며 나아갈 때마다 기다리는 연인을 떠올렸다. 그러면서 그녀와 한 약속-살아서 돌아오라는 그 약속을 떠올렸다. 장면 장면은 손에 땀을 쥐게 했다. 골절 통증이 극에 달할 때마다 쓰러졌으며 그럴 때마다 연인의 사진을 꺼내어 들었다. 그는 자그마치 10일간 포복을 이어갔으며 마침내 부대 본부에 다다른다. 의복은 낭자하고 지친 모습은 사람 모습이 아니었다.

인간은 신이 부여한 저력을 지녔으니 그것은 사력을 다하는 자에게만 출현한다. 바야흐로 랭돈이 그 진실을 입증했다. 그는 자신에게 불가능이 존재한다면 스스로가 만든 함정일 뿐이라면서 결심하고 또 결심했으며 드디어 부대에 이르게 되었다. 대원들은 귀신이 살아 돌아왔다면서 놀란다.

어디선가 향내 풍기는 요리와 행진곡이 들려오고 있었다. 허기진 병사들은 한 발 앞으로 덥석 손을 내밀었다. 랭돈에게는 살아서 돌아오라던 롱드레스의 연인이 다가오고 있었다.

〈뉴욕타임스〉는 클락 케이블과 비비안 리의 〈바람과 함께 사라지다〉가 당신의 머리카락을 잠시 흩트려 놓았다면 〈북서로 가는 길〉은 당신의 머리를 통째로 흔들어 놓았다면서 평했다.

또 다른 자아 - 타아 소고

아래는 한국정신분석학회지 12권, vol. 12, 2001에 개제된 「타아(alter ego)」를 요약했으며 아울러 몇 개의 문헌을 참고하여 문학과의 상관관계를 논하고자 했다. 옥스퍼드 발행-정신의학사전, 오토 페니켈의 신경증 정신분석 이론, 엘리엇의 「황무지」 해설 등을 아울러 참조했다.

'타아他我(alter ego)'는 '또 다른 나(another self)', '또 다른 자아(another ego)'로 풀이한다. 수천 년의 역사를 지닌 희랍어가 자랑하는 용어이며 자아분석 등 심층심리학의 주제들이다.

자아 형성

타아에 앞서 자아 개념의 정의가 필요하다. 사람은 성장하면서 그 어떤 사람과 닮으려는 욕구가 생긴다. 동일화 기전이며, 어느 날 그렇게 닮아간다. 인류 공동체는 상호 간 모방하면서 살아간다. 그 모방은 곧 내 것이 되고 그 속에서 어떤 분별력이

싹트니 그것은 곧 훗날 현실을 분별하고 요리하는 인성의 한 부분, 곧 자아이다. 이때 또 다른 형태의 자아가 더불어 형성되는데, 이름하여 타아이며 자아 속의 즐거움 같은 감성적인 부분과 정서적 풍요로움을 담당하는 자아이다. 그런 것들로 그는 보다 나은 인격체로 거듭난다. 총체적으로 그는 칼 로저스가 말한 '사회 생산적'인 인성의 소유자로 태어난다.

타아는 긴 세월 자아 속에 묻혀 있었다. 20세기 초반 대인관계론 정신의학자 H. S. 설리반(1892~1949)과 그의 계승자 H. 코우헐트(1913~1981)의 자기심리학[self-psychology] 학파의 심층 분석 연구에 의해 자아와 구분하여 한층 발전하게 되었다.

인격 구조는 본능[id], 자아[ego], 초자아[super-ego]로 구성된다. 그중 자아가 골격을 이룬다. 자아는 본능과 초자아 - 양심의 중간에 서서 쌍방의 요구를 사회 규율과 규범에 맞도록 조정하는 역할자이다. 본능은 맹목적이고 즉각적으로 충족되기를 원하는 인성 부분이며 흔히 1차적 사고방식이라 칭하고, 쾌락원칙이다. 반면 자아는 그 욕구를 현실에 맞도록 통제하고 조절하므로 이름하여 2차적 사고방식, 현실원칙이며, 본능의 쾌락원칙과 상반되는 인성 부분이다. 한편 자아는 억압적이면서 완고하게 사회규범을 지키게 하고 일거수일투족을 감시하는 초자아 '양심' 부분의 성격과도 절충하고 완화시킨다. 감시의 폭을 적절하게 줄인다. 자아가 강하면 강할수록 현실에 잘 적응하며, 반대로 약하면 보다 충동적이고 즉각적으로 행동한다. 양심이 그를 지배하면 억압되고 완고한 사회규범 찬양론자가 된다. 그는 상념想念과 사실, 규범 속에서 삶을 살아가고 딱딱한 삶으로 둘러싸인다. 이상주의자이며 현실과 더불어 심각하게 충돌한다. 자아 속의 타아마저 미약하게 바라보인다.

사람은 일상을 별 느낌 없이 살아가는 것 같지만 자신도 모르게 본능, 자아, 양심의 하모니 속에서 살아간다. 단지 느끼지 못하면서 살아갈 뿐이다. 그런 삶 속에서도 각자는 혼자만이 즐기는, 때로는 군중과 함께 뛰고 굴리면서 살아가는 삶의 부분이 있으니 바야흐로 타아가 발휘하는 것이다. 각자의 정서 분야를 담당하는 인성 부분이며 내부생활 세계이다. 그 개인의 인간성〔humanity〕과 개성〔individuality〕 같은 부분이다. 만약 삶에 인간성과 개성의 면이 배제된다면, 삶의 정신적 풍요로움과 교양은 사라지고 그야말로 딱딱함뿐이다. 오늘날 사회가 메말라 가니 타아가 메마른 듯하다. 인류 문화가 뒷걸음질 친다.

타아 생성 과정은 '공격적 동일화'나 '신경질적 동일화'가 아닌 쌍둥이와 분신이 되는 동일화 과정의 결과이다. 타아는 취미, 오락, 운동, 예술 등에 심취하게 하고 더불어 강화된다. 그 이후 꾸준히 매진하여 그는 불멸의 이름을 남긴다. 문학 작품과 예술품이 그것이다.

작품 속에는 최소한 '감성〔sympathy〕'이 전이되어 있다. 이것은 감정이입〔empathy〕에 미치지 못하는 수준의 감정 표현이며 독자에게도 감성 그 이상의 감동을 주지 못한다. 작가의 혼이

스며들지 않아서이며 혼신을 다한 작품이 아니라는 뜻이다. 즉, 감성은 타인이나 사물과의 교감을 통하여 가볍게 감응되는 수준으로, 사연과 함께 눈물 흘리고 감동하는 수준이 아니며 감정이입 상태가 아니다. 조직이나 단체 속에서 종종 경험하는 연민 같은 수준으로 생각하면 된다.

감정이입은 그 이상의 감정상태이다. 다른 사람의 마음속으로 들어가서 그 사람이 되는 것이다. 극도의 이해 측면을 공유하는 것이다. 입양한 부모와 자녀 관계의 의사소통이 '감성'이라면 친모자 관계는 '감정이입'이다. 즉 한 대상과의 공명하는 병렬의 상태이며 성숙된 인간관계이자 조건 없는 사랑의 극치이다.

감정이입은 애타주의와 인도주의에 근간을 둔다. 사랑과 질서를 기초로 하여 인류 행복과 복지에 귀의하고, 인간애-휴머니즘의 근본을 이룬다. 자유민주주의의 꽃이다.

문학은 작가가 상이하고 장르가 다를 뿐 깊숙한 감정이입을 전제로 한다. 문학은 모든 인류의 공유물임을 다시 한번 느끼는 바이다. 그곳엔 언제나 감정이입이 백분 발휘되어 있으며 그렇게 되도록 애쓰고 있다. 그가 만약 폭력으로 얼룩져 있다면 예술가는 결코 될 수 없다. 타아는 예술가의 전유물이다.

감정이입은 몰입을 전제로 한다. 몰입 없이는 사물을 꿰뚫어볼 수 없다. 집중과 몰입의 자세만이 독자를 울린다. 글을 잘 쓰고 못 쓰고는 그다음 문제이다. 감정이입을 통해서 '자기'라는 존재를 유감없이 발휘한다. 인간은 저마다 창조적 가능성을 지녔으며 그것들은 곧 감정이입 과정을 통해서 표출된다. 이 과정은 의식적으로 표출되기도 하며, 무의식 과정으로 작가의 인격 속에서 자동적으로 운용되기도 한다. 단지 뜻을 가지고 노력해야 된다.

「황무지」 작가 엘리엇(1888~1965)은 "나의 감정〔emotion〕과 느낌〔feeling〕은 집중, 통일, 정화를 거쳐 비로소 예술적 감성이 탄생된다."고 했다. 객관적 상관물〔objective correlative〕 이론으로 핵심은 그 표현에 맞는 어구〔correlative〕는 하나뿐이라는 것이다. 문학은 그 표현을 찾아 끝없이 헤매는 작업이다. '바늘' 하면 '실', '선생' 하면 '학생' 이 객관적 상관물이다. '바늘과 옷', '선생과 흑판' 은 상관물의 적절한 표현이 아니며 따라서 감정이입과는 거리가 멀다. 셰익스피어의 개인적 느낌과 감정이 마치 스스로의 깊은 바닷물을 흠뻑 먹어 비너스 여신인 양 솟아오르고, 욕망과 모방으로 흐트러진 눈이 맑고 밝은 눈으로 변하는 것이며, 조가비가 바닷물에서 진주로 정화하는 것, 하느님을 믿음으로써 옛사람이 새사람으로 태어나는 것, 그 신비적 경험들이 바야흐로 상관물 도출이며 글이라는 것이다. 진정한 감정이입이다.

엘리엇은 고통의 신음呻吟 소리가 신의 소리 신음神音으로 변한다고 했다. 그는 과거의 한과 미래의 공포의 '객관적 상관물' 은 바로 '현재' 이며 바로 이 시점 안에서 답을 찾는 일이라고 강조했다. 현재를 중심으로 풀어야 한다는 뜻이겠다. 미래가 과거와 뒤섞이면 고통의 신음뿐이며 현재는 어디론가로 사라진다. 작품은 독자 눈높이의 상대가 되어야 한다. 결언하자면 현재는 과거의 한과 미래의 공포 속에서 존재하며 그 속에서 성공적인 길을 모색해야 비로소 작가의 타아가 발휘되고 독자의 타아를 울린다.

자아기능은 불가시적이지만 타아는 작품을 통해서 명확하게 가시화된다. 예술은 타아의 내면을 형상학적으로 표현한 것이며 의식화된 것이다. 제3자는 그의 타아를 읽고 인식하고 공명한다. 실존주의 하이데거 등은 인간의 존재 가치는 총체적 자아기능 그 자체라 말한다. 한 개인의 자아 기능은 곧 자신의 존재 가치이며, 그 개체의 모든 것이다. 자아와 타아는 공재(Mitsein)한다. 즉 충실하고 성실한 자아 속에 정서 넘치는 타아가 있고, 타아는 자아를, 자아는 타아를 더욱 빛나게 한다. 예술을 통해서 자아와 타아는 보기 좋게 전개된다.

인간은 결핍으로부터 변형되고, 회복되고, 한 발 더 나아가는 존재이다. 작가는 타아의 기능을 통해서 자기를 성취한다. 이것은 작가의 기본 자세이며 기본 욕구이다. 마지막 성취의 목표 같은 것이다. 그는 사람과 관계를 맺고, 그들로부터 무엇인가를 계속 얻어오며, 이 길을 통하여 자기감을 확인하고 증진시켜 나간다. 옳게 된 사람이면 주위 환경을 거울삼아 그곳에 비친 자신의 모습을 바라보면서 인식하고 나름대로 안심하면서 살아간다. 그들과 더불어 감동하고 감정이입할 수 있으며 나는 이 사회에서 나름대로 괜찮은 사람이라고 느끼면서 사회 일원이 된다. 생동감 같은 것이다. 한 개인은 곧 전체를 구성하며 나는 곧 '전체' 이다.

자기붕괴란 생동감 상실이다. 어느 날 나름대로의 사고와 감정을 갖지 못하고 언제고 뜻하는 바대로 감동할 수 없다는 느낌이 주축을 이루면서 점차 위축되고 퇴행하고 자기붕괴로 이어진다. 자아의 붕괴요, 타아는 뒤따라 붕괴한다. 헤밍웨이의 죽음이 그것이다.

두 번째 노벨 작품 『해는 또다시 뜬다』에 이어 세 번째 노벨리스트의 불기둥은 사라지고 더 이상 타아의 능력은 발휘할 수 없다고 결론 내렸으며, 그것은 곧 돌이킬 수 없는 우울증으로 치닫게 되고 자아붕괴로 이어졌다. 타아의 발휘는 한평생 이어진다. 생동감은 나이와는 무관하며, 꾸준한 자기 개발이 가능하다. 계속 약진하는 존재물임을 헤밍웨이는 잠시 잊었다.

자기 분석

사람들의 일상은 무의식 과정이 대부분을 차지한다. 언어 표현, 보행, 몸짓 그 모두 무의식 과정이며 타아의 발휘도 스스로 느끼지 못한다. 웃고 울고 감동하는 것은 무의식 과정의 산물이다. 단지 그 창조물 즉 행동 하나하나는 명명백백하게 의식 속으로 불러일으킬 수 있으니 그것은 작품이며, 작품을 구석구석

낱낱이 파헤침으로써 그 작가의 무의식 세계를 파악하는 것이다. 개인적으로는 자기분석을 통해서 구현된다.

정신분석은 자기분석이 가능하다. 이 길은 반성하는 자세의 '명상'을 통해서 얻어진다. 명상의 길은 반성하는 것이며 자신에게 솔직하게 말하고 객관적이고 타당하게 전개해야 한다. 촌치의 허락도 용납도 없이 명명백백하게 따진다. 합리화와 투사 등의 정신기재는 과감하게 배격한다. 잡념이 계속되는 것은 정신분석학적 용어로 '저항'이라는 심리 현상이며, 지속되면 명상은 실패한다. 자기분석이 불가능해진다. 사회적으로 성숙한 사람은 정신분석을 받을 준비가 된 사람이다. 정신분석이 성공적으로 끝이 나면 이력서에 등재하고 공인으로서 지도자가 된다.

문명의 영원성

오늘날 사회는 물질문명-기구, 주거, 상품, 기술의 절정이다. 모두들 행복하다. 하지만 의식주 해결에 불과한 것이다. 물질문명이며, 역사 속의 왕조처럼 어느 날 홀연히 사라진다. 유럽 13세기 이후의 르네상스-문예부흥은 무엇인가. 산업혁명으로 부흥한 물질문명의 영원성을 노린 또 다른 문화혁명이었다. 문명은 예술과 문학에 의지하지 않고는 유한하다. 문명은 곧 타아 결실의 산물들이다. 오늘날의 풍요는 꾸준한 인류의 타아 발휘를 요구한다. 잘 사는 것만으로는 유한하다. 새로운 신념과 사상, 느낌, 또는 다른 적응 방식들을 줄기차게 모색해야 한다.

'자기〔self〕' 의 정의

'자기'란 무엇인가. '자아'와는 어떻게 다른가. 프로이트는 '자기'는 곧 자아라고 했다가 수정했다. 코헛은 '자기'는 자아 기능은 물론, 모든 주도권을 행사하는 독립된 중추이며 곧 '자아 기능+주동적인 처지에서 이끌어가는 나'로, 이것이 곧 자기라고 정의했다. 프로이트는 훗날 동의하였다. '자기'라는 실체는 서서히 형성된 정신적 내적 구조물의 하나이며 장차 전체적 인격을 구성하고 누구와도 상이한 독립된 존재물로 등장한다. 그리고 종속의 의미를 지니니, 즉 대인관계론이다. '자기'는 수많은 사람과 통합을 이루며, 정체된 것이 아니라 타인과 관계를 통해서 새롭게 변화되고, 그것은 평생토록 이어진다. 나이 불문하고 대인관계를 계속해야 하며 곧 장수의 비결임을 강조하는 바이다.

'전이〔transference〕' 의 정의

'전이'현상은 타아심리의 주된 심리기전이며 감정이입이 그 본체이다. 스스로가 경험한 인상 깊었거나 의미 있었던 사람들에게로 마음들이 옮겨가는 현상이다. 사물이라도 무방하다. 흔히 배우자, 친구, 직장동료가 그 대상일 수 있으며, 작가와 독자는 글을 통해서도 동일화, 모방 등의 기전으로 쌍둥이마냥 달려가니 곧 '전이'이다. 전이 심리는 개인의 정서적 삶을 넘어 정신치료와 교육에 지대한 역할을 한다. 그 어떤 대상을 전제로 글을 쓴다면 그 대상은 곧 전이물이다.

전이의 반대는 '역전이' 현상이다. 가령 그는 훌륭한 독서가이자 평론가이다. 그런 그가 어느 날 한 작가에게 매료되고 긍정하는 감정이 가득하면 역전이 현상이다. 이것은 감동과 감정이입과 대치되는 것으로서, 이를테면 무조건 찬양하는 것이며 자못 신경질적인 추종이다. 두목과 부하 간의 절대적 관계인 듯하다. 이것은 자신을 넘어 다른 사람까지 오염시킨다.

역전이는 때로는 필요하다. 분석가 C. 톰슨은 말하기를 거부하는 환자 앞에 며칠이고 서 있었다. 그래도 환자는 말을 하지 않는다. 그때 톰슨은 "내가 불쌍하지 않느냐?"고 했으며, 그제야 환자가 휙 쳐다보더라는 것이다. 역전이의 효과를 시사하는 장면이다.

글을 통한 전이가 가장 리얼하다. 작가는 그 어떤 대상을 향하여 최선으로 다가가며, 독자는 덩달아 리얼함을 느낀다. 작품 속에서 동화된다. 코헛은 전이를 설명하면서 초기는 현실을 떠나 이성에 접근하는 '이상화〔idealisation〕'만을 주장했으며, 훗날 분신, 타아, 쌍둥이에 비유하면서 전이를 보다 넓게 설명했다.

결어

타아는 자아와 공존하는 감성적 부분의 자아이다. 그 정체는 감정이입으로 표면화되고 의식화된다.

마산만의 소모도 해협

    마산만의 물은 썩었다. 1970년부터 썩기 시작하여, 2025년 지금까지 계속 썩고 있다. 1972년 마산 가포 해수욕장은 폐쇄되고, 마산만에서 잡히는 생선은 못 먹게 했으며 전국에서 최고로 오염된 바다로 선포되었다.

    지금은 마산만에 잘피가 돌아오고 수질도 상당 정도 정화됐다고 하지만 근본적인 해결이 안 되고 오염문제는 지금도 진행 중이다. 당국은 마산만의 생태계 파괴를 공장폐수와 생활오수 탓으로 돌린다. 이 중대한 문제를 해결할 결정적인 열쇠가 따로 있지만 변죽만 울린다.

    진해는 해군통제부가 있고 그 안에 '모도' 라는 섬이 있다. 이 섬은 석교마을(창원시 귀산마을 동쪽 1km 지점)과 마주하고 있으며 그 사이는 폭 500m, 길이 약 1km가량의 수로가 있었다. 마산만의 해수는 하루에 약 60%가량이 교환되는데 그중 87%가 이 해협을 통하여 교환되고 남은 13%는 마산 현동 동쪽 끝 망월끝(돌끝) 지점과 모도 사이의 약 1.5km의 수로로 넘나들었다.(1989년 마산시장 박종택 보고) 그 수로 깊이는 10m쯤 되고 해협 중앙지점은 빠른 물살 때문에 해구가 형성되었다. 사리 때는 물 흘러가는 소리가 들렸으며 물살 때문에 배가 거슬러 올라오기 힘들었다. 석교마을 앞 갯가는 물살이 세 자갈 굴러가는 소리가 들려서 사람들이 돌돌개마을이라 이름 붙였다.(귀산 주민들 증언)

그런데 진해 해군은 1970년 이후 환경평가 없이 이 해협을 통째로 매립해 버렸다. 마산만의 해수 13%만이 마산시 덕동 '망월끝'(돌끝) 쪽으로 흘러 교환되고 나머지 87%의 해수가 흐름을 멈추고 고여 부패했다.

1995년 이후 마산만 준설을 시작했다. 그러나 끝나기도 전에 또다시 사토가 쌓였으며 공사는 중단되었다. 육지에서 유입되는 마산만의 사토는 소모도와 석교 사이의 해협으로 쓸려갔는데 그곳의 흐름이 차단되므로 사토는 쌓이기 마련이다. 김종화(부산 수산대, 1986) 등의 연구는 해류가 차단된 이후의 논문이며 썰물 때는 마산만 서쪽을 따라 비교적 느린 속도로 빠져 나간다고 보고했다. 사토가 쌓일 수밖에 없는 환경이었다.

1995년 귀산 주민들은 소모도 해협 매축으로 인한 어업 손해를 법적으로 보상받았으며, 2003년 KBS마산방송은 이 사실을 〈물길을 터라〉는 프로그램으로 다큐멘터리를 제작 방송해 방송 대상을 수상했다.

2000년 지방자치제가 실시되면서 경상남도 의회의원 이재희는 이 매립을 두고 언론과 진해 해군 당국에 강력하게 어필하고 수로 원상복구를 줄기차게 요구했다. 그러나 무위로 끝났으며, 그 후 누구도 수로 원상복구를 재기한 적이 없다. 이제는 사람들의 관심에서조차 사라져 안타까울 따름이다. 마산만과 소모도 해협은 지구 역사 45억 년 생태계의 위대한 유산이다. 이 수로는 창원시민 1백만 명과 대구를 위시한 내륙 국민들의 생명선이요 젖줄이다. 반드시 원상복구되어야 한다.

군사기지 철거가 불가능하다면 해수용 지하 하수관거를 구축하면 오염 문제는 그나마 해결된다. 현재 당국은 해결책이 있는데도 모른 척 외면하고 마산만은 여전히 중병으로 신음하고 있다.

국제 잼버리

2023년 8월 한더위 때 그 이름도 빛나는 세계스카우트 잼버리가 우리나라에서 열렸다. 150개국의 스카우트 3만 6천여 명은 축구장 1,200개 넓이의 전라북도 새만금에 모였다. 소형 천막들이 장관을 이루고 청소년들은 흥분과 활기로 넘쳐났다. 그러나….

새만금의 잼버리는 준비가 어설펐다. 공중시설 미비와 잠자리 바닥의 습기, 그리고 차오르는 물 때문에 교육생들은 괴로웠다. 정부 관리들이 고쳐놓기에는 시간이 없고 그 많은 스카우트들이 옮겨갈 자리도 없었다. 그러던 중에 돌연 태풍이 다가와 이래저래 새만금을 떠나야만 했고 잼버리는 실패로 돌아갔다. 국무총리가 다녀가도 소용이 없었다. 생도들은 1,000대의 버스에 올라 캠프장을 떠났다. 그런데 놀라운 일이 벌어졌다. 버스 1,000대는 천문학적 숫자이며 정차 위치마저 일정하지 않았다. 그런데 학생들은 그 한여름 더위에 무거운 배낭과 짐을 들고 질서정연하게 인솔자를 따랐으며, 한 명 낙오 없이 정확하게 승차했다. 그들은 그 넓은 광장을 한 치 차질 없이 찾아갔으며 완벽하게 출발했다. 잘 훈련된 군인보다 더 민첩하고 정확했다. 또 한 가지 놀랄 일이 벌어져 있었다. 그 넓은 캠프장이 말끔하게 정돈되어 휴지 한 조각 없었다. 상상해 보라. 3만 6천 명이 기거하던 곳, 어찌 휴지 한 장 없을 수 있는가. 모든 관품들도 질서정연하게 제자리에 놓여 있었다.

스카우트들은 청결이 제1 지침이다. 천막 주변과 활동 장소는 항상 깨끗해야 한다. 공용 사물은 정한 자리에 놓고 절약하고 아낀다. 항상 우호적이며 단합하고 협동하여 일을 처리한다. 친절해야 하고 언어 장벽은 구실이며 대인관계를 회피해서는 안 된다. 언제나 겸손하고 솔선수범한다. 개인 소지품은 완벽에 가깝도록 정돈하고 의복함은 직각으로 접어 놓는다.

스카우트들은 교관에게 절대복종한다. 학생들은 명령에 따르는 자세를 익히고, 이어 명령하는 법을 배운다. 훗날 사회인이 되었을 때 유감없이 발휘하며 사회지도자가 된다. 교과과정은 극기훈련을 담고 있다. 극한 훈련이며 전우애를 발휘하고 익힌다. 사회봉사 품목을 논의하고 모금하는 자세를 익힌다.

스카우트들은 미래의 주인공이다. 잼버리 교육은 질서와 환경교육이며, 이런 것들을 바탕으로 이들은 미래의 확실한 지도자가 된다.

5부

글쓰기의 위대함

차 안의 텔레파시

낙화 벚꽃잎으로 뒤덮인 차 한 대가 꽃구
경을 떠난다. 차 안의 아주머니들은 왁자지껄하지만 나는 아니
다. 차 안의 한 아주머니 때문에 즐겁지 않다.

차는 어느덧 먼 아스팔트 길을 달린다. 스치는 벌판과 동네들
은 마냥 조용하다. 마당은 아이들 노는 것도 보이지 않고 허리
굽은 할머니 한 사람을 본 것이 전부다. 옹기종기 집들이 모여
있는데 아침밥 짓는 연기도 오르지 않는다.

벚꽃놀이 차 안은 썰렁하다. 주인 격인 여자 운전수 인상이
굳어 있어서이다. 며칠 전 조금 다투고, 화해하고 꽃구경 가는
데 그는 여전히 화가 안 풀렸다.

한 시간쯤 달렸을까. 쭉 뻗은 길에 이정표가 스친다. 문득 어
느 해에 통과했던 그 이정표이다. 눈이 번쩍 뜨인다. 그때도 서
로 다투고 화해한 후 통과한 이정표였다. 그도 기억하고 있을
까. 나는 만사가 그이보다 열등하지만 기억력은 그이보다 낫다.

그를 때로 의심하는 것이 나의 문제이다. 며칠 전에도 그런 사유로 말다툼했다.

벚꽃장 길로 들어선다. 만발한 벚꽃이 차체를 스치고 차 안은 활기가 넘친다. 나는 뒷좌석에 앉아 있었으며 그의 뒷모습을 바라보고 있었다. 사랑스러운 모습 모습들하며 지난날의 아름다운 추억들이 파노라마처럼 스쳐 가고 있었다. 바로 그때 그가 머리를 획 뒤로 돌렸으며 그 순간 서로 눈이 마주쳤다. 그는 못 본 척 머리를 되돌렸지만 약간의 미소가 깃들어 있었다. 화가 풀린 듯 느껴지고 나 역시 한순간에 마음이 환하게 풀렸다.

텔레파시라는 현상이 있다. 이심전심 같은 것으로 서로 먼 곳에 있어도 똑같은 시간대에 똑같은 사건과 교감하는 현상을 말한다. 마치 두 사람이 마주 앉아 한 사건의 계약서에 도장을 찍고 있는 듯한 현상이다. 살아가다 보면 더러 경험하는데 바로 그 순간 이곳 차 안에서 텔레파시를 경험한 것이다. 아침에 출발하면서 차 안에서 한 번 더 사과하고 사이가 좋아지고자 마음 먹었는데 바로 그 순간 텔레파시가 화를 풀리게 해주었다.

인간에겐 심신상인(Immediate Communication from mind to mind)이라는 현상이 있다. 과학적으로는 설명이 안 되는데 텔레파시가 여기에 속한다. 똑같은 시간에 똑같은 의제를 두고 쌍방이 골똘하게 생각할 수 있으며, 마치 약속이나 한 듯 그 시간에 그 장소에서 만날 수도 있다. 우연이지만 결코 우연은 아닌 듯 다가온다. 이 현상을 도상으로 혹은 기계학적으로 제시하지 못할

뿐, 상호 간의 교감은 과학이다. 생각하고 생각한 것은 사실이 니까 하는 말이다. 전쟁터로 향한 아들 걱정으로 밤을 지새우던 어머니는 불안을 감당하지 못한 채 부대로 향했으며, 이튿날 기 차역에서 한 사람을 만나니 그는 아들의 전사 소식을 전하러 온 병사였다. 기막힌 일치다. 텔레파시 현상이긴 하나 과학이다. 어머니의 아들 걱정은 당연한 것이며, 전쟁터는 사람이 죽기 마 련이다.

꽃길하며 벚꽃장은 사람들이 밀려간다. 오는 듯 마는 듯 하는 바람비에 차체는 또다시 꽃잎으로 뒤덮인다. 꽃 하면 천릿길도 달려가는 그녀! 미친 듯이 좋아하고 차 안은 금방 화기로 넘쳐 났다.

사랑에도 양분 이론이 존재한다. 양가성이라는 것이며 5:5 의 사랑이면 최고의 비율이다. 하지만 그런 비율은 세상에 드물 다. 사람마다 조금은 그 비율이 치우치니 나는 6쯤 그를 사랑하 고, 그는 4쯤 나를 사랑한다. 6:4 비율인 나머지 더러 싸운다. 적당히 싸우는 것은 상호 간에 유익하다. 흔히들 말하는 사랑싸 움이다. 내가 사랑싸움을 건다.

보라, 꽃구경 온 저 숱한 사람들을. 저들인들 사랑 문제로 어 찌 지지고 볶지 아니하겠는가. 그러면서도 저토록 멋지게 꽃구 경들을 하고 있다.

진정 성공한 사람들

얼마 전 교회 몇 지도자들이 나에게 질문했다. '다시 태어나면 무엇이 되고 싶으냐' 고. 나더러 하나님을 섬기는 목자가 되었으면 하는 바람에서 한 질문이었다.

종교가들은 말한다. 수천수만 명의 직원들과 함께하는 대기업가들은 나라의 기둥이며 이름을 떨치고 존경받는다, 그러나 그 이상 존경받을 수 있으니, 그 길은 신앙을 가지는 것이다.

신앙세계와 현실세계는 자못 거리가 멀고 관계 설정도 어렵다. 흔히들 명성과 신앙은 별개라고 여긴다. 자유민주주의는 개인의 능력을 제일로 삼는다. 사업에 성공하고 직위가 높아져 대접받고 명성이 뒤따르면 성공한 사람들이다. 이때 서양 사람들은 하나님께 감사하고 기도 올린다. 우리나라 기업인들은 신앙은 별개의 공유물이라고 생각하고 제아무리 위급 상황에 놓여도 하나님을 부르지 않는다. 신은 자신의 능력과 무관하다고 느낀다. 큰일을 앞두고 철학관에 가는 것은 신의 존재를 의식해서

가 아닌 미신 때문이다.

인간은 나약한 존재다. 살아가면서 의지와 인력으로 해결할 수 없는 일을 숱하게 만난다. 투지 하나로 버티지만 한계가 있다. 이때 믿고 갈 길은 신앙뿐임을 종종 경험한다. 늙고 병든 사람들이 돌연 신앙인이 되는 것은 당연한 귀결이다.

신앙인이 되고 나면 그는 더욱 힘을 얻는다. 예배 드리러 전당으로 나아가는 것뿐인데 어디서 어찌하여 힘이 솟아나는가. 그것은 의존적 욕구 충족의 결과다. 죄악감으로 고통받는 자의 죄를 신이 사하니 그 이상 더 힘이 날 일은 없다. 사람들은 원죄 같은 것을 타고나는 불안한 존재이며 어딘가에 의존함으로써 위안을 얻는다. 의존하지 않고는 못 견딘다.

인간은 사후세계에 대한 믿음이 있다. 바야흐로 신앙은 사후세계를 암시한다. 사후세계를 믿음으로써 오늘의 삶을 더욱 알차게 영위하고 사업인이면 양심적인 경영을 더욱 부추긴다. 신앙세계에 돌입함으로써 그는 양심세계를 다시 한번 인식하게 된다. 본능적 충동을 잠재우는 가운데 더욱 최선을 다하여 일하게 한다. 굳이 말하면 일석이조 격이다. 그가 가난하다면 신앙은 더욱 큰 은혜이며 신앙은 곧 사후세계를 약속하므로 삶은 의욕이 넘친다.

나는 신앙이 없다. 30대 때 세례교인이었으나 오래가지 못했다. 정신의학자들이 신앙은 곧 신경질[Religion is neurotic]이라 한 말에 동화되어서였다. 나는 나를 믿고, 사고방식과 행동은 합리적이며 논리적이고 매사는 육하원칙을 적용했다. 그것이 삶의 최상의 길이라고 믿었다. 그런데 아니었다. 자신도 모르는 사이 딱딱하고 유머가 사라졌으며 오로지 나만 믿는 독선주의자가 되어 있었다. 고독하고 쓸쓸했다. 대체로 자기와 싸우는 자들의 공통된 현상들이다. 이루어 놓은 것만큼 행복하지도, 대접받지도 못한다. 바로 그곳에 신앙이라는 활력소가 기다리고 있었다.

90을 훨씬 넘긴 의사 선배 한 분(이우홍 박사)은 반세기 넘게 한 곳에서 인술을 베풀었으며 건강은 물론 드물게 존경받는 노의사이다. 박사님은 2024년 3월 세례성사를 받고 천주교인이 되었다. 크게 놀랐다. 다시 한번 우러러보았으며 사후세계를 기도했다.

얼마 전 어느 교회 여성 지도자들의 안내로 '하나님의 교회'를 방문해 봉사하는 교인들을 바라보았다. 교인들은 세계를 향하여 베풀고 있었다. 봉사가 신앙이요, 신앙은 곧 봉사였다. 신앙인만으로도 존경스러운데 뭇사람들을 위하여 사랑을 펼치니 다시 한번 신앙인들의 위대함을 느꼈다. 교회당 지붕 밑 교인 한 사람의 봉사가 자만감을 넘어 온 인류에게 미치고 있었다. 한 작은 개인이 그 이상 더 보람 있고 유명할 수가 있겠는가.

캐주얼 찬양

패션계는 시대를 선도한다. 놀랍도록 선도한다. 여자들의 캐주얼이 그것들이며 무서운 속도로 달려간다.

여성들은 세기 이후부터 줄곧 코르셋형 롱드레스의 노예였다. 올림픽이 시작된 나라 그리스에서는 롱드레스로 달렸으며, 화가 밀레는 드레스를 입은 채 논밭에서 일하는 여성들의 그림을 그렸다. 의복에 관한 한 역사 속의 여성들은 창살 없는 감옥의 주인공들이었다.

여자들이 바지를 입고 공장에서 일을 시작한 것은 기껏해야 100년 전부터이다. 하지만 그 바지가 오늘날 여성 바지 문화의 시작이 될 줄은 미처 몰랐다. 100년 전 일본 여성들은 생산성을 높이기 위하여 '몸뻬'라는 바지를 입었는데 편의상 입던 옷이 혁명으로 둔갑하고 말았다. 한국 여인들의 세기를 이어온 치마와 저고리는 사라졌으며 그 변화는 또 다른 바지 문화들을 쏟아냈다.

1950년대 말의 판탈롱 유행을 기억할 것이다. 바지 아래쪽으로 내려갈수록 통이 넓어지는 바지로, 안 입은 여자가 없었다. 우연한 유행…? 아니다. 여인들의 정장에 대한 한이 서린 절규의 결과였으며, 그 시작이었다. 남성들은 바지가 위로 올라가면서 찰싹 붙은 것을 의미 있게 쳐다보았으며 펄렁이는 바지 사이로 관음을 엿보았다. 머지 않아 도래될 누드 의상을 그렸던 것이다.

여성들의 노출 욕구는 계속되었다. 어느 날 청바지가 세상을 뒤집기 시작했다. 처음은 작업복 블루칼라였다가 여인들의 패션으로 탈바꿈했다. 밀착성과 각선미 쪽으로 나아갔다. 남성들은 투시경으로 그 무엇들을 바라보는 듯 집중했다. 앞서간 코르셋과 롱드레스의 뭇 귀신들은 눈을 의심하고 아쉬움과 질투의 눈물을 흘렸으리라.

한 가지 문제가 있었다. 캐주얼은 때와 장소를 가리지 않았다. 산책과 스포츠용 옷이 예복으로 둔갑했으며 외출할 때 입는 옷이 안방에서 무심결에 입고 나온 옷가지들 같았다. 보기에 흉했으나 그렇게만 볼 것은 아니었다. 나는 해마다 대학생 장학금 수여식에 나가는데 학생들은 갈기갈기 찢어진 바지에다 반쯤 드러난 상의를 입었으며, 운동모에다 선글라스까지 끼고 스테이지를 오갔다. 이것들이 오늘날 예복의 상식이라면 이에 동화되어야 한다.

스포츠웨어는 대중화되었다. 외국 여행하면서도 입고 가고, 안 입고 가는 곳이 없다. 여행은 자유복이지만 체육복만은 삼가야 할 여행 복장이 아니었던가. 장례식장과 예식장에 운동복을 입고 가는 세상이다. 아세아의 동쪽 섬나라 일본은 일찍이 서양 문물을 받아들였으며 개방적이었다. 하지만 전통적인 문명을 고수하고 있으니 그들의 의식주 문화는 세계적이다. 우리나라 여행객들의 운동복 차림을 바라보고 무엇이라 말했겠는가.

여성들의 캐주얼은 무서운 힘으로 우뚝 섰다. 어느 곳에서나 시선이 집중되며 변해가는 여성 캐주얼이 세상을 휩쓸고 있다.

공산주의는 평등이라는 이름하의 제복 문화이다. 그들은 농경은 천하지대본이라면서 노동복을 입은 채 한세상을 살아간다. 캐주얼의 또 다른 면인가. 아니다. 평등이라는 구호 아래 착용한 획일주의 사상의 복장이며, 사회적으로 얽어매는 문화의 산물이다. 캐주얼은 변해간다. 세상사를 대변한다. 몇 안 되는 공산주의자들은 그들의 제복을 고집하고 있으니 꼴불견이다.

여성들의 캐주얼 향하여 "받들어 총!"

아웃백을 찾아서

비프스테이크 하우스 아웃백에 이르렀다. 배도 고프지만 '아웃백outback' 이라는 단어에 매료되어서이다. 퍼피 독 자세의 웨이터가 다가오고 생맥주를 받아들고는 긴 생각에 잠긴다. 웨이터의 퍼피 독(puppy dog-강아지) 자세는 무릎을 꿇은 채 고객에게 다가가 식사 주문을 받는 그런 자세를 말한다. 고객과 눈높이를 맞추기 위함이며, 미국의 스테이크 하우스 T.G.I.F.(thank God in Friday-하나님이 주신 영광의 금요일 오후)에서 처음 시작했으며, 그 후 1988년 미국의 스테이크 하우스 아웃백에서 똑같이 모방했다. 오늘날은 그 모습들이 사라지고 있다.

'아웃백out back' 용어는 오스트레일리아 내륙 지방의 황무지를 배경 삼아 만들어진 단어이다. out은 먼, 동떨어진, 변경의, 그곳은 back-벽지, 오지, 황무지이며, 필자는 이를 '변경의 황무지' 로 번역했다.

오스트레일리아는 아웃백의 나라이다. 동부 해안 지대를 제외한 모든 곳이 아웃백이다. 그 유명한 울룰루 바위산이 그들 중심에 있으며, 대지는 세이즈 브러시로 뒤덮이고 메말라 있다. 그러나 사막도, 시베리아의 툰드라도, 아프리카의 사바나도 아닌 그 나라만의 특유의 불모지로 그들은 이름하여 아웃백이라 했다. 먼 옛날 그곳에는 광천수가 흘러 그 물길을 따라 원주민이 살았다.

아웃백은 매력 만점이다. 하지만 문명지대 동부 해안에서 서쪽 내륙으로 최소한 십수일 간을 요하므로 가보지 못했다. 대신 멕시코 중부 과달라하라 근방과 바하반도의 넓은 황무지, 캘리포니아 모하비 사막, 샌프란시스코 북쪽의 국립 해양공원 포인트 아레나, 샌디에이고 북동쪽 100km 지점의 메마른 산악지대 줄리안 등지를 여행하면서 오스트레일리아의 아웃백을 애써 떠올렸다.

오스트레일리아의 소 목장은 광활하다. 헬리콥터와 T.U.V.가 아웃백을 달린다. 미국의 카우보이와는 판이하다. 놓아먹인 소는 맛이 일품이며, 값도 저렴해서 우리나라에도 인기이다. 그 목장들을 가보고 싶다.

아웃백은 쓸쓸한 도로가 많다. 이름하여 '백로드'로 '뒷길' 또는 '쓸쓸한 길', '외딴 길'로 풀이된다. 철저하게 외지고 쓸쓸한 길이며 가도 가도 끝이 없다. 흔히들 고독을 즐기는 대명사로 쓰인다. 2015년 미국의 Tawni O'Dell은 「백로드」라는 소설을 엮었으며, 이는 훗날 〈트라우마〉로 영화화되었다. 주연자는 백로드를 달리는 양 고독한 나머지 연인을 살해하고 고독의 마지막 귀착점에 이르러 교수형을 기다린다. 처형대에 오르는 공포, 그러나 그것들은 자신의 고독보다는 덜한 것이라면서 조용히 맞이한다.

나는 가끔 해 떨어진 후 외딴 비포장 산길을 달린다. 가로등도 불빛도 없고 크고 작은 수목들은 어둠 속에서 유령인 양 스친다. 고독은 곧 공포로 다가오고 감내하기 어렵다. 나는 이런 외딴 분위기가 좋다. 불쑥 검은 손의 귀신이 잡아당기는 듯 가슴이 조여드는…, 잠시나마 구조의 손길이 못 미치는 그런 곳이 좋다.

나는 아웃백에 왜 매료되는가. 어릴 때는 아버지가 제일 무서웠으며 큰 소리만 나면 혼비백산하고 벌판 어딘가로 달렸다. 그런 고독감들이 훗날 체질화된 듯하다. 긴 세월 클린턴 이스트우드가 출현하는 서부영화를 즐겨보았으며, 어느 날부터 오스트레일리아의 아웃백을 그리게 되었다. 언젠가는 아웃백을 무대로 한 영화 〈Lost in Outback〉(감독 마이크 그린)을 감상하리라.

어느 날 캘리포니아 팜스프링스의 샌 하신토산(3,300m)을 올랐다. 알려진 절벽 바위산이며 세계 최대의 회전 케이블카가 오르는 곳, 그곳은 한 줄기 실개천과 아득히 나르는 까마귀가 전부였다. 이 세상에 이토록 외지고 삭막한 곳이 있었던가. 어느 날 한 미군 장군이 자취를 감췄는데 이곳 절벽 아래서 2주쯤 은둔한 후 삶을 마감했다. 죽음을 작정하고 이곳을 찾은 것이었다. 최첨단 무기로 세상을 헤집었건만 극에 달한 고독감과 허무감이 그로 하여금 이곳으로 안내했으며 그는 그렇게 죽어갔다. 방황의 종점 아웃백 그리고 죽음.

얼마 전 합천군 초계면의 폭 200m 행성이 충돌한 곳에 이르렀다. 5억 년 전 큰 불덩어리가 마하의 속력으로 지구와 충돌해 대지는 굉음과 함께 불길이 치솟았으며 연기와 먼지는 햇빛을 차단하고 대지는 얼음으로 뒤덮였다. 그야말로 최악의 아웃백이었다. 농담 하나 할까. 대한민국은 다이아몬드가 없다. 그러나 저런 곳에 있으니 탄소 성분이 크게 압력을 받으면서 다이아몬드가 생긴다. 이것은 진실이다. 이곳 평야의 또 하나의 희망이다. 이곳 농부들은 데미안이 아닌 에밀 싱클레어가 되어 노래 부르고, 파우스트인 양 아르카디아의 올림푸스 신들과 대화를 나누고 있다. 보라, 저 광활한 V 자 분지를, 저 옥토를.

아웃백은 뭇사람들의 도피처다. 나에게도 현실 도피처이다. 그러나 곧 현실로 돌아가게 하니 그곳으로 가면 힘이 솟는다. 우울증 치료소이다. 아웃백은 폐허와 생산의 가역적인 곳이며 철학적인 곳이다. 메마른 세이크 브러쉬가 천지를 뒤덮었건만 잎새들은 물기를 품은 채 되살아나고, 도마뱀의 영원한 안식처이다.

미래 경찰

    나쁜 마음만 먹어도 벌을 받는 그런 세상을 꿈꾼다. 병자들의 생각이라 해도 그 길을 바란다. 세상은 범죄자들과 나쁜 마음을 먹은 사람들로 넘쳐나고 짜증이 난다. 깨끗한 세상을 꿈꾼다.

    인류 사회는 진화를 계속한다. 언젠가는 지상낙원이 도래하고야 말 것이다. 오늘날 우리 모두는 그 길을 향하여 나아가고 있으며 최소한 더 악랄한 세상으로 변하지는 않는다.

    오늘날의 문명국들은 인구 대비 범죄자가 줄어든다고 세계보건기구는 말하고 있다. 사람들의 마음이 따뜻해진다는 뜻이며 매우 희망적인 이야기다. 스위스의 교도소는 텅 비고 백기가 휘날리니 희망이 있다. 인구가 줄고 있지만 그에 대비하여 교도소는 더더욱 줄어들고 있으니 희망적이다.

    세상은 일찍부터 지상낙원을 꿈꾸었다. 16세기 토마스 모어의 『유토피아』-지상낙원, 그리고 뒤이은 프랜시스 베이컨의

『아틀란티스』와 토마스 캄파넬라의 『태양의 나라』가 그런 세상이다. 인류는 이상주의를 꿈꾸어 왔으며 지상낙원이 아주 불가능한 일은 아니다. 뜻만 있으면 길이 열린다.

인류는 르네상스 이후 크게 진화했다. 먼 연인끼리 화상으로 대화하고, 하루해에 못 가는 지구촌이 없어졌다. 달나라를 오가고, 버튼 하나 누르면 쌀과 육고기가 척척 만들어지는 세상이 다가오고 있다.

인류는 아담과 하와의 원죄마저 극복하고자 안간힘을 쓰고 있으며 점차 해탈해 가고 있다. 유전자 속에 내재하는 불화마저 제거된 인류를 꿈꾸고 있다. 종교가들은 기하급수로 늘어나고, 세상은 날이 갈수록 순수이상주의를 갈망하는 사람들로 넘쳐난다. 그뿐인가. 과학 문명은 끝없이 발전하고 지구촌 인구는 신세계 화성으로 이주할 준비를 하고 있다. 이 모두는 인류의 변증법적 사고방식의 결실들이다. 인류는 그렇게 나아가고 있다. 사람들은 한평생 생업에 열중하고 불우한 이웃을 돌보면서 살아가니 그 길이 곧 인간사회의 진화이며 바야흐로 유토피아로 향하는 길이다.

오늘날 형벌의 정의는 최소한의 규율과 도덕심을 요구하고 있다. 나쁜 마음을 아무리 먹어도 행동으로 옮기지 않으면 종교적인 죄인일 뿐 벌하지 않는다. 법의 칼날 위에서 춤을 추는 사람들이 돈을 더 벌고 출세한다. 법망을 요리조리 피해가니 법관인들 어쩌랴. 이런 사람들은 경찰과 실랑이를 벌이고 고리타분

하지만 외관상(형벌상)은 아무 일이 없다. 열정적이면서 성공한 사람으로까지 대우받는다. 그들 모두는 나쁜 생각을 하는 것만으로는 죄인이 아니라고 힘주어 말하니 그것이 문제이다. 행동은 마음의 산물이며 나쁜 마음을 먹으면 범행 일보 전이다. 보라, 그들끼리 밀실에 모여 범행을 모의하고 기회를 틈타는 자들이 어찌 범인이 아닌가. 끊임없이 신체를 단련하는 폭력배들은 범행을 위하여 체력을 키운다.

생물은 자기를 소중하게 느끼고 사랑한다. 자신의 존재 가치를 위하여 꾸준히 노력한다. 이런 사람들은 양심적인 삶을 영위하고자 발버둥 치는 사람들이며 이런 사람들로 세상이 메워지면 바야흐로 유토피아다.

진화하는 사회, 나아간 세상은 경찰이 필요하지 않다? 아니다. 더 많아야 한다. 이름하여 '미래 경찰'로 훌륭하고 모범적인 경찰을 더 필요로 한다. 교도소도 더 넓혀야 한다. 얼굴 표정 보고 나쁜 마음 먹는 사람들을 체포해야 하니 경찰은 더 바쁘고 교도소는 넘쳐난다. 그리고 또 있다. 단 한 번이라도 양심에 거리끼는 생각을 했다면 스스로 고해하고 교도소로 향하니 교도소는 만원이다. 단지 그곳은 울도 교도관도 없고 모두는 수양하는 사람들이다.

한 마리의 제비가 봄을 부르듯 여기 작은 한 사람은 더불어 봄을 재촉하고 있다.

농장이 부르는 소리

사람들이 노동은 신체 운동이 안 되고 골병만 남는다고 말한다. 그 말이 사실인가. 나는 주말이면 농장으로 향하는데 난감하다.

노동이 운동이 아니라는 이유로 한 가지 동작을 되풀이하므로 그 근육과 관절에 무리가 가고 끝내 골병만 남는다는 것이다. 신체 골고루 운동이 안 되고 특정 부위에 무리만 간다는 뜻이다. 나의 경우 농장 일을 마치면 며칠간은 온몸이 아프고 요통도 심해지니 골병인지는 모르겠으나, 운동을 해도 몸이 그 정도는 아프니 골병은 아닌 듯하다. 농사일은 하지 않으면 안 되고 또 지금까지 해오고 있으며 별 탈이 없다.

농사일은 분명한 운동이다. 하는 일 모두가 전신 운동이다. 삽질 하나만으로도 양다리, 허리, 양팔, 머리와 목 운동이되며 퇴비 나르는 일, 풀 메는 일, 잔디 깎는 일, 나무 전지 등 전신운동 아닌 것이 없다. 여름날 하루 일하고 나면 몸무게 1~2kg가

준다. 체중이 준다 함은 칼로리 소모가 많음을 뜻한다. 핏속의 함수탄소가 일차로 소모되고 이어 축적된 지방질이 산화되어 칼로리화되고 체중이 준다. 노동은 엄청난 칼로리를 소모하므로 운동이라는 뜻이다.

농사일은 즐거움을 선사한다. 밭을 일구고 씨앗을 뿌려 농작물이 발아하고 성장하는 것을 바라보면 신기하다. 수확은 또 다른 즐거움이다. 운동 후에도 즐겁지만 농사일만큼 꾸준하지도 다양하지도 않다.

농사일은 연중행사이다. 파종하는 시기는 물론이고 일년 내내 계획하고 순서대로 일을 해야 한다. 한 개라도 놓치면 실농한다. 도시인들만큼 시간을 다투지는 않지만 한 건이라도 놓치면 농사를 망친다.

자가 농산물은 엄청난 쾌감을 선사한다. 먹는 것만큼 즐거운 것 있는가. 유기농으로 재배한 농산물, 내가 가꾼 농산물을 마음 놓고 배불리 먹는 그 재미, 해본 사람만이 느끼는 행복이다.

차 소리, 사이렌 소리 없고 파도와 바람뿐인 바닷가에서 일을 한다. 저녁이 되면 일몰을 바라볼 수 있고 때로는 동서로 가로지르는 구름 띠를 바라본다. 철철이 새소리 다르게 들려오고 때로는 눈앞에서 지저귄다. 신의 선물이다. 한여름, 불어오는 바람이 그토록 시원하고 고마울 수 없다.

농군들의 휴식 장소는 나무 그늘 밑이다. 쉼터는 온갖 생물들로 가득하다. 때마침 버려진 종이 위에 한 생명체가 달려간다.

1mm보다 더 작은, 보일 듯 말 듯한 곤충이다. 세상에 이토록 작은 생명체가 있었던가. 그런데 엄청나게 빠르다. 쏜살같이 달아나니 놀랍다. 한여름 더위, 만물의 영장들마저 지쳐 있는데 이 작은 벌레 너는 어쩌면 이토록 빠른가. 일어서야지, 그리고 하던 일을 계속한다.

한 주일에 한두 번 농장 가는 것, 평생 그렇게 해오고 있으며 이것이 나의 움직임 모두요, 곧 운동이다.

아득히 존 뮤어의 요세미티, '거대한 신의 정원' 이 부른다.

다리 떨기

　　　　　　　다리를 떠는 한 젊은이를 만났다. 그는 군 의무를 막 필한 후 취업 면담 때 그 자신도 모르게 떨다가 면접관에게 지적을 받았다.

　　그는 다리 떠는 것을 스스로 느끼지 못한다고 했다. 많이 떨 때는 알아차리지만 이내 또 떨게 되고 심할 때는 다리 전체를 흔든다. 어떤 때는 몸까지 따라 흔든다. 시험관은 다리 떠는 게 보기에도 흉하지만 불안초조증 등의 정신건강적인 측면을 지적했으리라.

　　요사이 다리 떠는 젊은이들이 많다. 젊은이들 모인 곳에 가면 흔하다. 식당의 한 젊은 커플은 장단 맞추듯 함께 다리를 떨고, 옆자리의 두 청년도, 맞은편의 젊은 단체 손님 중 두 사람 역시 다리를 흔들고 있었다. 신경 안 쓰기로 했는데 자꾸만 시선이 간다. 잠시 후 잘 차려입은 긴 다리의 두 젊은 여인이 들어왔는데 앉자마자 똑같이 흔들기 시작했다. 그들이 흔드는 모습은 한

결같이 비슷하다. 마치 무도병 환자들 같으며, 다리 떨기 회합장인 듯했다.

다리 떨기가 젊은이들에게 많으니 웬일인가. 오늘날의 시대상과 유관한 듯하다. 사회는 갖가지 규제로 꼼짝 못 한다. 규제는 젊은이들에게 기회를 앗아가고 구직난으로 고통받게 했다. 젊은이들은 희망을 잃었으며 이래저래 사회의 희생양 제1호가 되었다.

젊은이들의 박탈감과 외로움은 발산할 대상을 상실했다. 옛날 같으면 비민주적인 독재에 항거하고 세상을 뒤집어 놓았는데 오늘날은 정부가 젊은이들을 향하여 애걸복걸하는 세상으로 변했다. 젊은이들은 외롭다. 다리 떨기는 그들 불만이 내향화된 현상이며 스스로 자학증에 시달리고 있는 것이다.

사회주의 사회는 갖가지 규제를 양산했다. 사회는 투자를 꺼려하고 그 몫은 젊은이들에게 돌아갔다. 구직난이 그것이다. 희망을 잃었다.

오늘날 젊은이들은 자못 폐쇄적으로 변해가고 있다. 혼자서 그 불안과 고독을 달래고 되씹는다. 대학을 나오고 많이 공부했건만 갈 곳은 더티잡Dirty Job이며 급료는 기본금이다. 8시간 일하고 하루 쉬는 것이 전부일 뿐 미래의 희망이 없다. 차라리 일 안하는 것이 더 편하다.

다리 떨기는 불안증의 2차적 증상 획득의 산물이다. 불안과 불만증이 몸으로 향한 그런 심리 과정임을 이해해야 한다. 불안증은 감내하기 힘들고 대신 몸 어느 한 부위가 아파오기 시작하면서 그곳에만 집중하니 안정을 느끼게 된다. 그곳에 신경쓰므로 정신적 고통을 못 느낀다. 다리 떨기는 곧 자구책이다. 이런 심리 현상을 이해함으로써 다리 떨기는 치료가 된다. 병감인식 논리이며 자가치료가 가능하다.

세상에는 유행이라는 것이 있다. 나도 모르게 닮아가는 현상이며 심리적인 기전이다. 『젊은 베르테르의 슬픔』은 자살을 유행케 했으며, 항간에 유행하는 작은 옷가지 하나도 유행 아닌 것이 없다. 유행은 감수성 높은 젊은이들의 몫이다. 다리 떨기도 곧 그 유행의 일종으로 끝없이 번져간다.

유행은 쾌감을 선사한다. 옆자리 동료가 다리를 떨면 뒤따라 한다. 다리를 흉내 내어 떨어보니 즐거웠다. 친구와 함께 한바탕 흔드니 속이 후련했다.

다리 떨기는 지휘자 없는 교향악단의 연주처럼 그렇게 시작하고 그렇게 이어간다.

글쓰기의 위대함

글쓰기는 어렵고 힘들지만 유익하다. 지난 일을 다시 떠올리고 반성하고 미래를 설계한다. 사람은 망각의 동물이지만 생각하고 생각하면 불가능은 없다. 글쓰기가 그것을 돕는다. 주제 한 가지를 두고 끝없이 매달리고 결론에 이르게 되면 한 편의 글이 완성된다. 그것은 곧 창조이며 곧 그 사람의 전부다. 잘 쓰고 못 쓰고는 그다음의 문제이다. 망각 속으로 녹아든 숱한 지식과 경험을 문구 속으로 불러온다. 스스로 어디서 나온 문구인가 하면서 놀라지만 그것 모두는 배운 것들이며 머릿속 깊이 저장된 기억의 회상이다. 뇌는 무궁무진한 저장고이며 글쓰기가 그것들을 불러일으킨다.

글쓰기는 체계적 사고방식을 키워준다. 사건에 즈음하여 서론, 본론, 결론의 순으로 나아가며 그것을 합리적이고 논리정연하게 서술한다. 사건은 육하원칙하에 전개하고 글은 항상 질서정연하다. 남다르게 피곤하지만 이런 과정을 거치고 거치면서 어느 날 명석해진다.

명작은 인류의 길잡이이며 영원한 예술이다. 독자는 창밖에서 작가를 한평생 바라보고 있으며 작가는 냉철하게 다가가고 언제 어디서나 독자의 편이 된다. 사건사고를 심원하고 예리하게 분석하여 독자에게 다가간다. 작품은 저자의 전부며, 독자에겐 영감을 선사한다.

작가는 글쓰기를 통해서 인격을 연마한다. 안 좋은 마음가짐으로는 글을 쓸 수 없다. 쓴다 해도 신변잡사이며 독자가 없고 기만이다. 사람은 완벽할 수는 없지만 글을 씀으로써 더 배우게 되고 완벽에 가까워진다. 글쓰기만큼 꾸준한 학습은 없다. 한평생 이어진다.

글은 추억을 불러일으킨다. 거친 세상을 살아가며 불어터지는 감정을 잠재운다. 잠시 한적한 시골길을 걷게 하며 안정을 도모한다. 낭만의 기회를 갖는다. 추억하는 것은 퇴행 과정이지만 잠시나마 쉬어가게 하고 위안을 선사하니 필요악이다. 추억하지 않는 삶, 추억이 없는 삶은 상상할 수 없다. 정녕 추억이 없다면 지난날 잘못한 일이라도 추억하라. 활력소가 되며 글쓰기의 주제가 되어 준다.

글쓰기는 평생토록 좋은 선생이다. 끊임없이 책을 읽고, 참고 서적을 뒤지고, 세상사에 귀 기울이게 하며 참여의식을 고취시킨다. 작가는 유식하고 귀하고 교양이 높다. 자만해도 된다.

작가는 바쁘다. 원고 손질하고, 신작을 이어가는 것만으로도 보통 바쁜 것이 아니다. 바쁜 것만큼 차원 높진 않지만 빈둥거리는 사람에 비하면 턱없이 높다. 문인들의 쉼은 한 줄의 막힌 문장을 골똘하게 생각하는 시간이다. 꿈속에서도 생각한다. 삶 속에서 이만큼 최선을 다하는 일이 또 있겠는가. 이럭저럭 머리가 미어터지지만 그런 가운데 한 발 더 전진한다. 한 권의 책은 수십 년 고통의 산물이다. 원고가 쌓여가며 책을 내고 안 내고와는 무관하다.

집중력 배양은 글쓰기가 최고다. 정신 통일은 어렵고 험난하지만 글 쓸 때만은 자신도 모르게 집중되어 있다. 나의 지난날은 내성적이고, 산만하고, 되는 것이 없었다. 어느 날 심취하고 집중하는 자신을 발견하니 긴 세월 글을 써온 덕분이었다. 이젠 공격적 집중력을 발휘하고 삼매경에 이른다.

문자는 인간만의 선물이다. 문자 덕분에 만물의 영장이 되었다. 언어는 조각과 그림마냥 섬세한 창작물을 제공한다. 작가들에겐 무적의 도구이다. 문자는 문인들을 위하여 생겨난 듯하다.

문자는 인류 역사의 기록을 남기게 했다. 문자가 없던 시절 상형문자가 있었으며 인류로 하여금 한 발 더 크고 넓게 진화하도록 해주었다. 작고 비천한 한 작가일망정 글을 남길 수 있으니 영광이다. 내일, 또 내일 그리고 또 내일, 지겨운 일상 속에서도 글은 백지들의 소리요 분노이지만 오늘의 나를 지탱시켜 주고 내일을 살아가게 한다.

학동의 토담 길

     학동 토담 길 나들이 세 번째이다. 고성군 하일면 학동 마을의 국가문화유산 흙 담장을 또다시 보러 온 것이다.

    이곳 토담 길은 예사롭지 않다. 어릴 때 돌을 나르고 토담 쌓는 일을 도운 적이 있었는데 여간 힘든 일이 아니었다. 지금 나는 골목길 양쪽으로 아득히 뻗은 100년 역사의 토담 길을 걷고 있다. 키 높이의 담벽은 완벽하게 쌓아지고 여전히 건재하다. 여간 단단하게 쌓아진 토담들이 아니다.

    학동 마을은 임진란 직후 들어선 자연부락이며 전주 최씨 집성촌이다. 1910년 왜국의 을사늑약 통탄열사 최우순의 서비정 西扉亭이 있는 곳으로 이름나 있고, 지방문화재인 고가들과 서원 육영제도 있다.

    학동은 학이 알을 품었다 하여 이름 지어졌으며 대대로 이어오니 명지 세세지영토卅世之庄土 마을이다. 판석의 마을이며 집

지을 때 기초석은 물론 건축 재료는 모조리 판석이고 토담 꼭대기 마감석까지 판석으로 덮여 있다. 보통 담부랑이 아니다. 집 안의 담부랑까지 판석 토담이며 마당의 닭장까지, 그리고 우물 덮개도, 마당도 판석으로 깔렸으며 어느 것 하나 판석 아닌 것이 없다.

토담은 뱀 기어가듯 꾸불꾸불하고 한쪽으로 비스듬히 누운 곳도 있다. 허물어져 가는 것이 아닌 농사일 하면서 틈틈이 쌓고 눈짐작으로 쌓은 것들이다. 보기에 운치가 더 있다. 옛 조상들의 바쁜 나날들을 떠올리게 하고 순박함도 보여준다.

토담의 황토층은 긴 세월 푸석푸석 흘러내린다. 손가락이 닿으니 졸졸 실개천을 이루듯 아래로 흘러내리고 땅바닥은 개미집마냥 황토가 제법 높게 쌓여있다. 담장의 판석과 판석 사이의 흙은 여인의 허리마냥 잘록해졌다. 토담의 긴 역사를 말해주고 있었다. 때마침 관광객 몇 사람이 빠른 걸음으로 담벼락 길을 스치니 바람만 인다. 황토층이 더 흘러내릴까 하면서 마음 조인다.

토담의 강담을 바라본다. 담장의 바닥면은 가로세로 한 자쯤의 구멍이 드문드문 만들어져 있다. 마당 물이 흘러가기 위함이며 강바람을 통과시키고 담장을 보호한다. 애써 엎드려 바라보니 안마당이 훤히 바라보이고 양장한 긴 다리의 한 여인이 얼렁거리고 있었다.

담장 마감 덮개는 판석으로 덮여 있다. 반듯한 사각 판석이고 그 위에 또 다른 판석이 누르고 있다. 그 모습들 또한 용납 없는 T 자형이며 한옥의 기왓장 토담과는 완전하게 구별된다. 얼핏 바라보면 멀리 즐비한 층층 아파트들을 보는 듯하다.

토담 벽 위쪽은 부채 넓이보다 더 넓은 거무스레한 자국들이 토담벽을 따라 군데군데 자태를 드러내고 있다. 얼핏 토담벽에 부채 크기보다 더 큰 검은색 원형 그림을 그려놓은 듯하다. 토담 지붕 판석에서 긴 세월 흘러내린 검은 빗물은 담벽 황토층을 물들인 자국이다. 그 안에 몇 개의 판석이 자리 잡고 있어 정녕 한 폭의 벽화 같으며 관광객들의 발길을 멈추게 한다. 때마침 그 위로 저녁 노송 그림자가 내려 있어 더욱 검고 확실한 한 폭의 그림같이 바라보인다. 학동의 토담 길은 이렇게 그 자태를 뽐내고 있었다.

학동에는 열사 최우순(1832~1911)과 서비정이 있다. 최우순의 이야기는 길고 슬프다. 1910년 일제의 을사늑약이 체결되고 최우순은 왜놈들의 나라 동쪽을 바라보지 않겠다면서 사립문을 서쪽으로 내었으며 아호를 청사에서 서비西扉 - '서쪽 싸리문'으로 바꾸었다. 그러던 1911년 어느 날 일본 천황의 하사품이 당도하고 최우순은 그것을 거절했다. 왜놈 관헌들이 들이닥치고 서비는 다음 날 새벽 헌병들 면전에서 자결했으며 을사늑약 전후 열사 27명 중 또 한 명으로 승화되었다. 훗날 동료 선비들은 서당을 짓고 서비정西扉亭으로 이름했으며 그것이 오늘날의 서

비정이다.(국가보훈처 현충시설) 그의 비분은 애愛 자가 새겨져 있다. 죽어서도 애국을 노래하고 있으며 가슴 뭉클하다.

서비의 강개한 탄식이 들려온다.

"지금 천지가 바뀌어 종묘사직은 망하고, 머리와 발이 뒤바뀌어 삼천리 강토에 편안히 있을 곳이 없도다. 나는 어디로 돌아갈까. 이에 호를 서비로 바꾸니 서쪽에서 기거하고, 서쪽에서 침식을 다하고, 서쪽에서 늙어, 서쪽에서 죽을 것이다."

학동은 이름난 출신들이 많다. 부자간 국회의원 최갑환과 최재구, 진주 삼현여중고 설립자 최재호, 무학소주와 대선주정 창업자 최재형, 유원건설 최효석 등이며 생가도 있다.

학동의 돌 꽃이 핀 토담 길이 손짓한다.

6부
생각하고 또 생각하기

* 수록된 '나의 척애 이야기'와 '생각하고 또 생각하기', '로렌스 중위의 대령 진급', '큰발티 고갯길' 등의 작품은 영어권 독자를 위해 저자가 직접 번역한 영문을 작품 뒤에 함께 수록했다.

나의 척애 이야기

　　　　　　　아침 잔디밭의 이슬 방울들이 은빛 찬란
하다. 오래전부터 생각해 오던 글, 나의 짝사랑에 대한 이야기
를 마무리했다.

그는 유별나게 큰 눈을 지녔으며 언제 어느 때고 환하게 다가
왔다. 어느 날 그는 이젠 떠나야 한다면서 울기 시작했다. 그의
눈물은 검은 교복을 적시고 또 적셨으며 나는 멋모르는 스무
살, 겨우 몇 번 만난 사랑, 설마 이것이 마지막은 아니겠지 하면
서 헤어졌다.

대학의 여름방학은 시작되고 나는 시골로 내려갔다. 매 순간
그가 떠오르고 견딜 수가 없어 또다시 부산으로 갔다. 여고 교
문에서 그를 기다리니 수천 명이 교문으로 쏟아져 나왔다. 드디
어 먼발치에서 그를 발견하고 달려갔다. 그 순간 그는 힐긋 돌
아보았을 뿐 한 번도 뒤돌아봄 없이 전차에 올라버렸다. 크게
절망했다. 그날 오후 내내 뙤약볕에서 기다렸으며 그 많은 학생

들 속에서 찾았건만 그는 뒤돌아봄 없이 떠나버렸다. 해는 저물고 난감했다. 가까스로 막차를 타고 먼 시골로 돌아왔다.

시골에서 나의 척애雙愛는 자못 심각했다. 영도다리도 떠오르고 어디론가로 멀리 떠나고 싶었다. 어머니가 나의 건강을 염려할 정도였다.

가을 학기가 시작되었다. 학교 수업은 넘쳐나고 만나보고픈 생각 때문에 사면초가였다. 그 여학생 집도, 집 전화도 모르고 아는 것이라곤 그 여학교 3학년이라는 것뿐이었다. 한 가지 기대되는 것은 그는 나의 하숙집을 알고 있으니 언젠가는 찾아오겠지 하면서 기다리는 일이었다. 나는 매일 저녁 대문 앞에서 그를 기다리고, 토요일 오후는 버스 종점에서 기다렸다. 학교 성적은 말이 아니고 본과 진학은 낙제 수준이었다.

한 학기가 지나가고 의과대학 본과로 진학했다. 학교 공부도 어렵고 그가 잊히지 않았다. 한 반 친구는 때때로 그 여학생 이름을 불러주었으며, 그럴 때마다 그의 큰 눈망울이 떠오르면서 견딜 수가 없었다. 또 다른 한 가지 추억이 있었으니, 여름 비 오는 날 저녁, 그가 교복 차림으로 찾아왔는데 울고 있었다. 이유도 모른 채 하숙집 주인이 무서워서 그냥 돌아갔다. 그때 비를 맞으면서 달려 나갔어야 했는데….

세월은 무자비한 것, 어느덧 4년이 흐르고 대학병원 인턴 수련의사가 되었다. 그러던 어느 날 병원 정문에서 그를 만났다. 의외의 만남이었다. 그런데 그는 그저 아는 사람 만난 듯 덤덤

했으며 나 역시 지난날 애타던 그런 모습이 우러나지 않았다. 잠시 시간이 흐르고 우리는 헤어졌다. 오랜만에 만난 연인 사이가 아닌 듯했다. 나는 생각했다. 지난날의 사랑은 사춘기의 센티멘털 현상이었던가. 별것 아닌 것 가지고 그토록 애태웠던가. 나는 총총 사무실로 돌아왔다.

Woman phobia

Bae Dae-Kyoon, M. D., Ph. D.

This morning, looking at the dewdrops on the lawn leaflet, I write the second part of my story about my first woman. It was a very long time ago, and it' s about her eyes and my broken heart.

She had remarkably big eyes. They were always bright. One day she started crying and said that she had to leave. Her black school uniform was soaked with her tears. I was only 20, I didn' t know what was going on, so I didn' t think this was the end.

During the summer vacation of college, I went down to the countryside. Every moment, I thought of her and couldn' t bear it. I went back to Busan and decided to wait for her at the gate of the girl' s high school. At that time, it was the only way. Finally school was dismissed, and thousands of students poured out of the front gate. After a while, I found her from a distance and ran to her. At that moment, she pretended not to see me and got on the trolley. That feeling of despair, on a summer afternoon, the sun was glaring, I dropped down in the shade, and the sun was setting. How stupid I must have looked. Sitting for hours, drenched in sweat. In fact, at that time, I felt like this afternoon was my last day, and all sorts of self-torment flashed through my head.

My unrequited love was quite serious. My daily life was a mess, and my preparatory course grades were failing. I had difficulty getting into the main course of university, and the courses were too hard, insomnia became a bigger problem every night. Thinking about that girl was a secondary problem.

Four years had passed and I was an intern at the university hospital. Then one day, I met her at the hospital entrance. It was an unexpected meeting, she was just acting like meeting someone she knew, and I got nervous and forgot what to even say. After a brief moment, we parted ways. I thought, in the past, the two of us just had suffered from a sentimental experience of puberty, it wasn' t true love between a man and a woman, my crush was simply a complex of puberty toward women.

Time passed. One day, something surprising happened, it was something like a gynophobia. Up until now, the distance between me and women had not narrowed, and I felt like they were unsanitary beings, and woman phobia had been taking hold for a long time. I had been caught up in workaholism and had no time to look back. It was a marriage I reluctantly entered into, and it was a marriage that had failed mentally. Writing is difficult. I had not built up a writing history. They say essayists write a piece a week, but it takes me dozens of days, and when I look back at it later, it was no longer a writing. I read T. S. Eliot's theory of 'objective correlative and conclusion' and tried hard, but it was still difficult to concentrate.

Good things happen in life. I recently received a book of essays as a gift and wrote back to him. He said he knew me well and praised my essay. It was a formal greeting, but to me, who was struggling with writing, he approached to me as a 'third man'. This morning, the dewdrops on the grass helped me finish writing about my unrequited love.

생각하고 또 생각하기

지구과학에 관심이 많다. 요사이 관심사는 지구에 겨울과 여름이 왜 생기느냐이다. 지구는 태양을 중심으로 타원형으로 공전하며 태양과 제일 멀어졌을 때가 겨울이다. 이것은 이해 가지만 반대쪽으로 제일 멀어졌는데도 여름이니 이해가 가는가. 이것이 고민스러웠다. 태양과 거리가 제일 먼데도 여름인 것 말이다.

생각하고 또 생각했으며 그 답을 얻었다. 지구 공전 중 태양과 가장 멀어졌을 때 지구 북반구가 여름인 것은 지구 축이 태양 쪽으로 기울어져 있으며 태양열을 직각으로 받기 때문이었다. 지구 공전이 반대쪽으로 가장 멀어졌을 때가 겨울인 것은 태양과 거리가 멀어서가 아니라 지구 축 기욺이 태양열을 사각으로 받기 때문이었다. 대신 이때 지구 남반구는 여름이다. 태양열은 그만큼 강렬하다. 이상은 필자가 생각하고 또 생각한 나머지 도출해 낸 결과이다.

봄과 가을은 지구가 태양과 1년 중 제일 가까운데도 여름이 아니다. 그 이유는 봄은 지구 축이 하루하루 더 많이 태양 쪽으로 기울어짐으로써 점점 더워지고, 가을은 지구 축이 그 반대쪽으로 향하면서 동시에 태양열을 점점 사각으로 받기 때문에 하루하루 추워진다. 그 후 어느 날 지구본을 바라보았는데 지구가 태양을 향하여 23.5도 기울어져 있었으며 여름과 겨울은 지구 축의 기울기 때문이라는 나의 생각은 완전하게 옳았다.

나는 고등학생 때부터 생물학에 매료되었다. 생물학 선생이 담임인데, 선생은 바다 바위에 붙은 원형 갑각류를 가리키면서 저것이 무슨 과의 생물이냐고 물었다. 나는 잠시 생각했으며 '안네리다과 생물(환형생물)' 이라 답했다. 선생님은 "자네가 어떻게 그런 것을 아느냐?" 하면서 크게 놀랐다. 나는 환형 동물과의 생물은 배운 바도 없었지만 원형 동물과 환형 동물의 차이를 생각하여 그 답을 구했던 것이었다. 조개껍질같이 두터운 껍질이 있으면 환형과 동물임을 금방 안다. 원형 동물은 딱딱한 껍질이 없다. 지구의 축이 태양 쪽으로 기운 채 공전을 이어가며 그것 때문에 사계절이 온다는 지식도 알고 보면 별것 아니다.

생각은 위대하다. 깊이 생각하면 닿지 않는 것이 없다. 그것에다 과학적인 사고를 깃들이면 불가능은 없다. 나는 지구과학은 초등학교 수준이었건만 지구 사계절의 이유를 스스로 생각해 내었다. 옛날, 아버지는 참선을 하셨는데 달의 이면을 짐작한다고 했다. 터무니없는 말이라고 반항했는데 지금 생각하니 내가 철부지였다.

필자는 의사일 뿐 지구과학과는 거리가 멀다. 과학적으로 생각하고 또 생각하면 닿지 않는 것이 없다는 생각이다.

Thinking and thinking

Bae, Dae-kyun, M. D., Ph. D.

There is winter and summer in the global village. It is due to as the Earth orbits in an oval shape around the sun, and it is winter and summer, respectively, at the two furthest points, winter solstice and summer solstice. Winter is the furthest from the sun, so it's natural, and if so, why is the Earth away from the other side summer, not winter? This was my question and I thought and thought and finally got an answer. It was because the Earth's axis was tilted toward the sun. At the same time, I also learned why the Earth is the closest to the sun in spring and autumn. Then I looked at a globe, and as I thought, the Earth tilted 23.5 degree toward the sun, and I was happy in line with my conclusion after much consideration. Because of this phenomenon, winter and summer exist, and the distance from the sun does not matter within the range of Earth revolution.

I have been fascinated by natural phenomena since I was a high school student. My homeroom teacher's subject was biology, and he pointed to a round shellfish attached to the sea rock and asked us what family is that creature belongs to? I thought for a moment and replied, "The Annelida". The teacher was very surprised and said, "How do you know that?" Any living organisms in "the family of Annelida" were not taught at school, but I just rummaged through biology books and consequently obtained the ability.

Thinking went on. If the Earth's axis tilts and it creates winter and summer, it would be summer if you get a lot of sun, and winter if you get a lot less sun in the southern hemisphere of the Earth. Solar heat is powerful, so it has nothing to do with the distance caused by the revolution of Earth.

The size of the earth is only 20,000 kilometers in radius. Nevertheless, the northern hemisphere of the Earth is summer, but the southern hemisphere is winter, bordering the equator.

How fascinating! It makes summer depending on how much sunlight is received at right angles, whereas it makes cold winter in the southern hemisphere because it is solar blind spot.

What is spring and autumn? It is the winter solstice and the summer solstice when the Earth's revolution reaches its peak. After the winter solstice, the earth's tilt gradually heads toward the sun, and every day, the earth's tilt gradually approaches the sun and begins to receive sunlight at right angles, and spring comes and soon heads toward the summer solstice.

The above results are what I came up with myself. Following these ideas, one day I went through earth science books, and my reasoning was right. Thoughts are great! I realized by myself why it was summer even though the Earth was the furthest from the sun. If you think deeply, there is no place that you can't reach. There is nothing impossible if scientific thinking is even added. I was at the level of elementary school for Earth science, but it was the product of thought since I learned the reason for the summer and winter of the Earth. In the old days, my father was meditating, and he said that he could guess the other side of the moon. I rebelled by saying it was absurd, but now that I think about it, it was because of my immaturity.

There are two types of job in human. It' s a profession and not a profession. I am facing the end of my life as a lifelong doctor. At this point, you can' t start studying other fields anew. No matter how much you want to do, you can' t turn your life around. All I can do is that getting interested in, thinking hard in every free moment, and going through books. I think that this attitude makes me exist today. I feel great because I have come up with how four seasons are made by my own thinking.

로렌스 중위의 대령 진급

1914년 1차 세계전쟁 발발과 더불어 영국의 로렌스Thomas Edward Lawrence는 이집트의 영국군 사령부로 부임하니 육군 정보장교 중위였다. 그는 시나이반도를 위시한 주변 지역의 터키군 배치 등의 지도를 그리는 정보 업무를 담당하고 있었다. 그러던 1916년 어느 날 헤자즈(오늘의 사우디아라비아)의 지다(아라비아 홍해 연안의 항구도시)로 향했으며 아랍 독립전쟁에 뛰어들었다. 그는 아랍 독립군들과 함께 2년간 독립전쟁을 펼쳤고, 아랍은 터키로부터 완전하게 독립했으며 대령으로 진급해 영국으로 돌아간다.

아랍은 1차 전쟁 발발에 앞서

행군 도중 파이살이 선물한 아라비아 의상- '도브'와 특별한 '이갈 Igal(둥근 링)'로 장식된 스카프 모자를 쓴 로렌스

500년간 터키의 식민지였다. 아랍 국가들은 1차 전쟁 발발과 더불어 터키로부터 독립하고자 발버둥치기 시작했으며, 곳곳에서 의용군들이 조직되고 항거하기 시작했다. 시리아의 '페타'와 메소포타미아(이라크)의 '아하드'가 대표적인 항터키 단체로 모두 터키군 장교들이며 아랍인들로 구성되었다. 퇴역 장교들도 있었다. 지다를 경유한 로렌스는 항터키군의 거장 파이살을 만났으며 영국으로부터 군수품을 조달하기로 약속하고 독립의용군과 한 몸이 된다.

파이살은 헤자즈 왕국의 국왕-후세인 세리프의 셋째 아들이며 역시 터키군 대령이자 아랍 전역 독립군의 숨은 총지도자였다. 부족 간의 분쟁 해결사로서 아랍 병력을 집결시키고 반란을 이끌고 있었다. 로렌스는 계획했던 대로 파이살과 여러 부족 대표자들이 모인 자리에서 '불화의 사과'(그리스 신화-불화의 신이 올림푸스 신들의 만찬장에 던진 사과-이것이 원인이 되어 트로이전쟁이 시작되었음)를 던졌으며 아랍 부족들은 드디어 총단결했다.

로렌스는 파이살의 원정대와 함께 외지를 떠나 아카바로 향한다.(사진 참조) 로렌스가 제안한 작전이며 파이살은 그곳까지 긴 사막을 통과해야 하므로 불가능하다고 말한다. 아카바는 홍해의 북쪽 끝자락에 위치하며 시나이반도와 접하는 터키군의 수에즈운하와 홍해를 장악하는 요새 중의 요새이며 유일하게 홍해를 통해서 접근이 가능하다. 그곳은 철통 같은 해안포가 방어하고 있으며 영국은 500년간 엄두도 못 내었다. 육로로는 접

1916년 12월 헤자즈의 옛 수도 엔부(yanbu)로 들어서는
로렌스와 파이살의 군대 (대영전쟁박물관)

근이 가능하나 광대한 네푸드 사막을 건너야 하고 두 달이 더
걸린다. 오아시스가 없고 도처에 모래늪〔sand marsh〕이 도사리고
있으며, 검은 자갈 사막과 시멘트 바닥 사막들이 차례대로 나타
나는 그야말로 평원 사막〔lawit〕만이 끝없이 이어진다. 사막이 끝
났는가 하면 또다시 아득히 펼쳐지는 모래사막, 그들은 엘호울-
무인지경이라 불렀다.

사막 횡단이 시작되었다. 오로지 인내만이 생존의 비결이었
다. 로렌스는 숱한 병사들을 잃었다. 아끼는 한 부하가 모래폭
풍 속으로 사라졌을 때, 그는 만류에도 불구하고 부하를 찾아
나섰으며 두 사람은 기적적으로 생환한다. 그들을 맞이하는 파
이살은 아카바를 점령하고 아라비아가 독립한 것보다 더 큰 환
희와 미소를 보내고 있었다.

사막 한복판의 깜깜한 밤하늘, 천막과 천막 사이로 무수한 별

들이 흐르고, 병사들은 모닥불에 끼리끼리 모여앉아 흩어지는 연기를 바라보며 옛이야기를 도란거렸다. 웃음꽃이 먼 하늘로 울려 퍼지고, 멀리 적군의 포성과 오렌지 불빛이 번쩍이고 있었다.

드디어 아카바가 내려다보이는 언덕에 이르렀다. 두 달간의 긴 행군이었다. 터키의 아카바 해군기지는 해안포가 포진되어 있을 뿐 내륙 쪽으로는 몇 곳의 기관총 진지가 전부여서 의용군들은 단숨에 아카바를 점령해 버린다.

로렌스는 학생 시절부터 자신에게 그리고 아랍인들에게 '꿈의 궁전' 건립과 '자유의 성취'를 약속했다. 그것을 이루기 위하여 그는 파이살의 의용군에 몸담았으며 드디어 아카바를 점령했다. 아카바 점령은 영국의 위대한 승리요, 로렌스에겐 아랍 독립을 위한 첫 관문이었다. 카이로의 영국군 총사령관 엘런비 장군은 돌아온 로렌스의 아카바 점령을 믿지 않았으며, 그러나 영국군은 총 한 발 안 쏘고 아카바를 점령함에 로렌스를 소령으로 특진시켰다.

아랍 복장을 한 로렌스는 아카바에 이어 사막 횡단철도 파괴를 일삼고 북쪽 내륙 마안Maan을 점령하며 계속 북진하여 시리아의 수도 다마스쿠스를 점령한다. 터키는 드디어 아랍을 포기했으며 아랍은 드디어 500년 식민지 터키로부터 완전하게 독립한다. 이때 아랍 의병들은 5만 명에 이르렀으며 다마스쿠스는 축제로 넘쳐났다. 로렌스는 대령으로 진급하고 1918년 영국으로 돌아간다.

한 개인은 위대하다. 로렌스는 고등학생 때는 유럽을, 그리고 옥스퍼드를 졸업한 후에는 시리아, 대영박물관 요원으로 메소포타미아, 소아시아(Asia Minor), 그리스, 이집트 등지의 발굴에도 참여했다. 그때부터 그는 2억이 넘는 셈족Sem의 민족적 염원이 무엇인지를 깨달았다. 그것은 곧 터키의 500년 식민지로부터 독립하는 '꿈의 궁전'을 펼치는 일이요, 자신에게는 영원한 자유를 위한 길이라면서 다짐했으며 그렇게 성취되었다.

영국으로 돌아간 로렌스에게 세계적인 이목이 집중되었다. 그는 보잘것없는 위관장교였으나 총 한 방 안 쓰고 연합군 터키와 독일군을 아랍에서 몰아냈다. 그것은 전적으로 로렌스의 공적이었으며 엄청난 공적이었다. 그런데 문제가 심각하게 야기되었다. 영국과 연합국 프랑스는 전쟁 중 사이크스-피코 협약을 비밀리에 해놓고 있었으며 전후 프랑스는 지중해 동부연안 국가들-레반트 지역을 차지하고, 영국은 또다시 이라크의 석유를 독식하기에 이르렀다. 로렌스는 아랍에게 독립시켜 준다는 거짓말을 한 것이 되었다. 영국은 결과적으로 아랍 독립을 바라지 않게 되었으며, 로렌스의 그간의 공적은 영국에겐 이적 행위가 되고 말았다. 엉뚱한 결과였으며 로렌스는 모든 훈장과 공로를 정부에 반납했다.

로렌스는 4년 후인 1922년 신분을 속이고 존 흄 로스라는 이름으로 영국 공군 사병으로 입대했다. 그러나 발각되어 쫓겨나고, 다시 토마스 에드워드 쇼라는 이름으로 전차대에 입대했으나 또다시 취소되었다. 1925년 다시 공군 사병이 되었으며 1935년 10년 만기전역했다. 보통 사람 행적이 아니다.

그는 경주용 오토바이를 좋아했다. 집으로 돌아온 1935년 5월 오토바이 사고로 사망하니 48세였다. 훗날 윈스턴 처칠은 로렌스와 같은 인물을 다시는 볼 수 없을 것이라면서 추천했다.

그의 저서 『지혜의 일곱 기둥』(옮긴이 최인자, 웅진문학에디션 뿔, 2006.)은 1918년 영국으로 돌아간 1년 후인 1919년 집필을 시작했으며 1926년 검토를 끝으로 출간했다. 2016년부터 2018년까지 자신이 참전한 아랍 독립전쟁사이다.

『지혜의 일곱 기둥』은 '아라비아의 로렌스' 라는 이름으로 영화화(호라이즌 픽처스 사)되었다. 영화는 요르단의 와디 럼Wadi Rum 지역을 배경으로 했다. 요르단 중남부에 위치한 빼어난 경관의 사암산 사막으로 유네스코 보존 사막이다. 여인들의 요란한 휘파람 속에 로렌스와 수천 명 독립의용군들의 출정식은 장관을 이룬다. 로렌스 역은 피터 오툴Peter O' Toole, 파이살은 오마르 샤리프Ormar Sharif, 조역 호웨이나트 부족장 아우다 아부 타이Auda Avu Tai(28번 결혼하고, 아라비아인 75명을 죽였으며, 13번 총상을 입고 터키군을 수도 없이 죽인 인물. 금전적인 보상으로 싸우지만 로렌스와 파이살의 신의를 저버린 적이 없으며 아카바 점령에 결정적인 역할을 했다.)
는 앤서니 퍼킨스Anthony Perkins가 맡았다.

"Seven Pillars Wisdom" by Lawrence

Bae, Daekyun, M. D., Ph. D.

"Seven Pillars of Wisdom" is a three-year Arab fighter of the British Army Lieutenant Thomas Edward Lawrence(1888-1935) with 1,400 pages. He is a hero of the British army in World War I, and with his military strength, the Arab empires gained complete independence from Turkey's 500-year-old colony.

World War I broke out in 1914, and Lawrence was appointed as a British intelligence officer to Cairo, Egypt. The Arab empires at the same time sought independence from Turkish colonies, and volunteer troops were rebelling every here and there. Lawrence then went to the Hejaz, Mekkah, the capital of modern-day Saudi Arabia, where he met Faisal, Prince of Hejaz, and soon became part of tens of thousands of

Arab independence volunteer force, who began to command them in modern warfare.

The independence forces departed from Tera(the northwestern port city of near Mekkah) and recaptured Yanbu(a port city in the Red Sea northwest of Tera), Aqaba(the northernmost point of the eastern Gulf of Aqaba in Jordan), and Damascus(the capital of Syria), and the Arab achieved a complete independence from Turkey three years after the start of World War I. Lawrence successfully accomplished Arab independence and returned to Britain in 1918. He enlisted himself as a military soldier to escape fame, but was soon discovered and then re-entered as an airman, and served for 10 years until he was discharged upon completing his military service. During that period, he wrote "Seven Pillars of Wisdom", a story of his three years of combat experience in Arab. The British government awarded him various Order of Merits and the title of nobility, and he was highlighted as a great figure in the world. Lawrence returned home from the army in February 1935 and died a few months later in a motorcycle accident. It is not known whether it was an accident or suicide.(this book was published in 2006 translated by Choi Inja, Woongjin Culture Edition Ppul)

Lawrence's disorderly independence volunteer troops departed Tera and cross the vast desert northwest of Saudi Arabia, Nefud, where only Moses had been crossed. Although Nefud had no previous record of human crossing, thousands of Lawrence's volunteer troops set a record for crossing in 20 days.

The Neford Desert is sandy marsh, oasis-free, plain desert Byte mocking Arabs, black gravel desert, and cement desert, all of which appear and end in succession, and another desert continues far away. Solitude and patience are the only keys to survival, and Lawrence has lost many soldiers, and the miraculous soul's protection has been with him. Lawrence's beloved man goes missing in the sandstorm, and despite all kinds of dissuasion, he went out looking for him, and the two were returning alive with more than a miracle. The image of Faisal welcoming them was giving greater joy and smiles than the capture of Akaba and the independence of Arabia.

The dark night sky in the middle of the desert, inmumerable stars flowed between the countless-listed tents and tents, and soldiers whispered the old story while watching the smoke that they sit together and disperse in the campfire. Laughter was echoing through the distant sky, and the enemy's orange-clolored gunfire was coming in time.

Finally, they reached the hill overlooking Aqaba. It was a long march for about 20 days. Since the Akaba base had only several machine gun positions towards the desert, the volunteers troops quickly captured Akaba. The Akaba military port has historically been an impregnable port that is inaccessible by land. The narrow coastline is the only access route, and even that is impossible because of the coastal artillery lining the coast. Lawrence demonstrated the surprise of crossing the desert of death and capturing Aqaba. He achieved the palace of dream, freedom, that he had promised himself since he was a student and the Arabs. General Elanby at Cairo did not believe in Lawrence's Aqaba capture, but as the British was able to occupy Aqaba without firing a single shot, Lawrence continued to serve after his special promotion by two ranks. Following Aqaba, Lawrence captured the Syrian capital Damascus via Maan in the north inland, ending his mission, and the Arab's complete independence from colonial

Turkey for 500 years.

"The Seven Pillars of Wisdom" was made into a film(Horizon Pictures Corporation) under the name 'Lawrence of Arabia'. The film was set in Wadi Rum, a UNESCO conservation desert with outstanding landscapes in south-central Jordan. Amid the loud whistles of women, appearance of Lawrence's thousands of independence soldiers' is spectacular. Peter O' Toole in Lawrence, O' Mal Sharif in Faisal, the chief of Hawite tribe Aouda Abu Thai in Anthony Perkins-who married 28 times, killed 75 Arabs, shot 13, and killed Turkish soldiers countless times. Even though he fought for a financial reward, he never betrayed Lawrence and Faisal' s faith and played a decisive role in the occupation of Akaba.

A human being is great. Lawrence studied archaeology of Europe while he was a high school student, and further studied archaeology of Mesopotamia, Asia Minor, Greece, and Egypt and absorbed in the excavation of relics after graduating from the Department of Sociology at Oxford University. Since then, the national aspiration of Semites, which comprised of more than 200 million people, has been to become independent from Turkey' s 500-year-old colony. He made a commitment to himself. I will devote myself to the spiritual dream palace of the Arabs - freedom - and that is the way for my own eternal freedom.

Lieutenant Lawrence, who came to Cairo with World War I, had a miraculous opportunity. Just in time, he met Sir. Henry McMahon the High Commissioner of The Great Britain' s High Commissioner for Foreign and Commonwealth Office, and on his recommendation he entered the Arab war of full independence. It was a war that completely drove Turkish troops out of the Arab world, which considered to be impossible in both historical and practical aspects. Lawrence jumped into this war, and it was the fruition of his conviction. He continuously camped with soldiers for three years, was bitten by a scorpion, starved, exhausted, and even more, suffered by the solitude of the heat wave. Whenever that happened, he recollected British officers enjoying only safety in Cairo, which made him jump into more severe heat wave.

The powers and intellectuals of those days were neither tried to know nor concerned about the long-standing disgrace of Arab countries. Only Lawrence realized the historical pain.

One day during the World War I, Lawrence, a mere British elementary intelligence officer, abruptly fought a battle to oust the 500-year-old ruler of Turkey from the Arab, and finally defeated Turkey army completely. The world was astonished. Lawrence's intense craving-the fight for freedom-made him achieve the freedom of the Arab countries, which is the result of Lawrence's dreaming with his eyes open and putting the dreams into action. The reality is difficult and impossible, but just as it is solved in a dream, all of it has been accomplished one by one in reality.

The Arab empires of the 21st century coexist with Lawrence's "Seven Pillars of Wisdom" back to 100 years ago.

The independence of the Arab empires was not eternal. Immediately after World War I, the British and European powers controlled the Arab empires again, even if it is not Turkey. Lawrence became a liar to the Arab and a traitor to the British government. It was a sin of encouraging Arabs to become independent. He was deeply disappointed for a long time (a period of 10 years' service for the Royal Air Force) and, during that period, wrote 'Seven Pillars of Wisdom'. In February 1935, he discharged after completion of his 10-year service and returned home, and a few months later, he ran and ran on his motorcycle, shouting, "I dream with my open eyes during the day and act toward my dream." For a flash, safety goggles were swirling around, hanging on a branch. He was 47 years old. Later, Winston Churchill eulogized him saying that we will never see a figure like Lawrence again.

두 사별 남녀의 아름다운 사랑 이야기

* 이 글은 2018년 1월 22일 〈뉴욕타임스〉에 게재된 에세이며 필자
  가 번역한 것임.

우리가 빈손으로 사랑을 구하고 원한다
해도 심적으로 구애받을 일은 아니다. 최근에 베스트셀러가 된
두 사별 남녀의 사랑의 회상록을 읽은 후 나는 마음이 한결 가
벼워졌다. 사람은 자기를 누르고 있는 짐 때문에 체념하거나 자
포자기하는데, 이것은 진정한 선택의 길이 아니며, 이 글은 그
런 교훈을 다시 한번 되새기게 했다. 나 같으면 과연 그런 사랑
을 할 수 있을까.

루시는 남편 파울이 폐암으로 죽은 1년 후에 회상집 『거친 호
흡 소리가 노래로 들려올 때』를 세상에 내어놓았다. 이와 때를
같이하여 또 다른 남자 존은 아내 니나가 전이성 유방암으로 죽
은 6개월 후에 아내의 자서전 『햇빛 찬란한 시간들』을 출간했
다. 이들의 책은 베스트셀러가 되었으며, 〈워싱턴포스트〉는 앞
서 루시와 존의 사랑에 대해서 보도한 바 있었다.

니나는 마지막 날 남편 존에게 자신이 죽은 후 루시(파울의 부

인를 돕는 의미에서 가까이 지낼 것을 유언으로 남겼다. 그 후 존은 아내 니나의 유언에 따라 루시와 메일을 통해서 점점 가까워지기 시작했다. 직접 만나 서로의 회고록을 마무리하고, 서로는 사랑으로 대했다. 이렇게 두 사람은 어두운 과거의 매 순간을 극복하고 해결할 수 있었으며 지금은 미래를 계획 중이다.

두 회고록은 감동적이고 애절했다. 그들은 작품을 보충하고 마무리하기 위하여 여행에 매달렸다. 둘은 서로 사랑하게 되었는데, 생각건대 그들의 사랑은 지난날의 가슴 아픈 사연들로부터 새로운 삶을 엮어가게 하는 힘이 되었다. 각자는 과거와 현재를 오버랩overlap함으로써 미래를 더욱 굳게 약속했으며, 가족들 속으로 더욱 몰입할 수 있었다.

경험한 것 모두를 잊지 않은 채 행동하면 감정은 더욱 강렬해진다. 그러나 시간이 흐르면 뒤틀리고 변질되고 겹쳐진 채 나타나고 지나간다. 어른이 되었을 때 사춘기 시절을 떠올려 보았는가. 새삼 그때의 일들을 떠올릴 이유가 없다면서 화를 낼지도 모르겠다. 사춘기가 지나기 바쁘게 생겨날 아기에 대하여 부담감을 느끼게 되고, 이어 아기가 침대에서 떨어지는 공포를 경험하게 된다. 알고 보면 각기 다르다고 느끼는 두 시기는 거의 같은 시간에 벌어지고, 시간의 법칙은 그렇게도 쉽게 뒤섞이고 겹쳐진다.

루시는 책의 에필로그에서 암이 그들의 삶 속으로 파고든 이후 남편의 마지막 시간들을 묘사했다. 그녀는 남편의 거친 호흡

소리를 들으면서 병원 침상에 함께 누워 있었다. 남편은 이른 아침 침대에서 굽은 오른팔로 겨우 8개월 된 어린 딸 케디를 껴안았다. 지금까지 해보지 않았던 포옹이었다. 케디는 아버지가 입원한 곳에서 멀지 않은 병원에서 태어났다.

그들 부부는 2년 전, 다른 병원에 있을 때 침상에 나란히 누워 질병이 번져가는 MRI 영상을 바라보면서 함께 울었다. 그 영상들이 무엇을 예고하는지를 알고 있어서였다. 남편은 자신이 죽은 뒤 아내와 아이의 미래를 걱정하면서 죽고 싶지 않다고 한다. 홀로 된 아내의 모습을 생각조차 할 수 없으며 재혼하라고 한다. 루시는 에필로그를 이렇게 끝맺었다.

루시 부부는 사랑으로 호된 벌의 시간들을 견디고 극복했다. 최후를 맞이하는 과정을 극복하는 보다 쉬운 트릭 한 가지는 더 깊이 사랑하는 것이었다. 그 사랑이야말로 상호 간 두 배의 벌금을 짊어지는 마음 대신 더한 친절, 관대함, 감사하는 마음을 갖도록 해준다고 믿었다.

어린 딸 케디는 훗날 아버지를 기억 못 할 것이다. 그는 케디에게 지금껏 경험한 적 없는 사랑과 현명함으로 편지를 썼다. "인생의 매 순간을 살아가면서 자신에게 가치가 있다고 여겨지는 일을 만날 때면 그곳에는 항상 암초가 있음을 먼저 깨달아야 하며", "그것들과 더불어 세상은 해서는 안 될 일이 있다." 면서 아울러 당부했다. "나는 기도한다. 케디, 너는 넌더리나게 죽어간 한 남자, 아버지에 대하여 평가를 절하해라. 너의 전 생애를 통틀어서 모르는 일이며, 갈망하지도 말라. 쉬어가면서 만족해하면서 살아가도록 해라."

한편 니나가 죽었을 때 아들 프레디와 베니는 7살, 10살이었다. 니나는 자신의 회상록에서 그들을 향한 슬픔과 기대를 남겼다. 뚜렷하고 창자를 에는 사랑이었다. 나의 한 가지 희망은 그들이 어머니의 사랑을 읽고 어머니와 함께한 시간과 날들을 다시 발견하고 즐길 수 있으리라는 것이다. 한 가지 마음 놓이는 일이 있으니 그것은 프레디의 열 살 생일 때 밖에서 놀고 있었는데, 완전하게 큰소리로 외치고 있었으며 벌써부터 살아남아야 하는 야생 속으로 달려가고 있었다. "그 모습들!" "아, 한마음 놓이는 순간들이여!" "지난날의 매 순간 순간은 캄캄한 겨울 오후 하늘의 무시무시한 묵시록이었건만, 보라, 이제는 아니다." "기적의 사후 묵시록은 따뜻한 빛살로 바뀌었다." "나는, 그러나 그런 징조들을 뒤늦게나마 소리쳐 알아차릴 준비가 되어 있지 않았다."

이 두 권의 책은 상실의 고통으로부터 얻어진 그 무엇들을 말해주고 있다. 나는 우리가 쌓아가는 사랑에 대하여 감사하는 마음으로 함께 달렸다. 사랑은 훗날 큰 못으로 박힐 상실의 고통을 덜어준다. 한 사람의 마음이 다른 사람에게 가능성을 안겨준다. 우리 모두는 짐을 지고 달린다. 하지만 그것마저 운이 있어야 한다.

TIME. January 22, 2018

The tragic, beautiful story of two widows who found each other in grief

By Susanna Schrobsdorff

WE FRET A LOT ABOUT THE EMOTIONAL BAGGAGE WE BRING to relationships, as if the goal is to come to each new love empty-handed, our hearts wiped clean. But recently, when I read that the widows of two best-selling memoirists had fallen in love, I was reminded that leaving your bags behind isn't really an option. And you shouldn't want it to be.

The pair: Lucy Kalanithi, wife of Paul Kalanithi, a neurosurgeon whose 2016 memoir *When Breath Becomes Air*, about his terminal lung-cancer diagnosis, came out the year after his death. And John Duberstein, husband of Nina Riggs, whose book *The Bright Hour* came out in June, a few months after Riggs died of complications from metastatic breast cancer.

John and Lucy's story, first reported by the Washington *Post*, could be another memoir: Lucy had written a blurb for Nina's book, and they'd become friends. In her final days, Nina suggested that John contact Lucy for support after she was gone. He did, and the two grew close via email. Now they are planning a future together. It's the kind of resolution we all crave in dark moments.

Both books are gorgeously written and so heartbreaking, they're hard to take in one after the other, though they act as complements. That's why Lucy and John are often on tour promoting the books together. When they read the words of the two people they loved so profoundly, their new lives seem woven into their new life, one love spilling into the next, families merging, past and present overlapping.

While that dynamic might seem fraught, it's perhaps just a more intense version of what we all experience as we roll our emotional carry-ons along. You can look at your teenager and see some version of them at 25, an achingly distant adult whom you feel mad at for no reason. A minute later, you can feel the weight of their newborn body on your chest and remember the fear of them falling off the bed. All of it can exist almost simultaneously. The laws of time are so easily warped.

ILLUSTRATION BY EDEL RODRIGUEZ FOR TIME

LUCY WRITES in the epilogue to her husband's book how in his last hours, she lay with him in his hospital bed as his breathing slowed. Earlier in the day, in the same bed, their baby daughter Cady, conceived after the cancer invaded their lives, was tucked into the crook of his right arm. Only eight months before, Paul was the one who lay next to Lucy after Cady was born, not far away in the same hospital. Nearly two years before that, they were in another hospital bed, side by side, looking at scans that revealed the extent of Paul's disease for the first time. They wept. Both doctors, they knew

what the images foretold. In the moment Paul says he doesn't want to die, and yet he was already thinking of a future for Lucy without him. "I told her she should remarry, that I couldn't bear the thought of her being alone," he wrote.

THAT LOVE sustained the couple through a grueling time. Lucy writes that the "one trick to managing a terminal illness is to be deeply in love—to be vulnerable, kind, generous, grateful."

Paul, knowing Cady wouldn't remember him, writes a letter to her as wise and lovely as anything I've ever read: "When you come to one of the many moments in your life where you must give account of yourself, provide a ledger of what you have been, and done, and meant to the world, do not, I pray, discount that you filled a dying man's days with a sated joy, a joy unknown to me in all my prior years, a joy that doesn't hunger for more and more but rests, satisfied."

Meanwhile, John's children Freddy and Benny were old enough, 7 and 10 when their mother died, to miss her. Nina has left them a gift through her memoir, in which her feelings for them are drawn with such clarity and visceral love that one hopes they will read it and find their way back to those hours and days with her. At one point she describes her kids playing outside on Freddy's 10th birthday. "Already, the boys are off to the wilds again—whooping and surviving. It will be getting dark soon—the sky has started with that eerie postapocalyptic light of a warm evening in winter—but I am not ready to call them back in."

The ache of loss runs concurrently with gratitude in these books—thankfulness for the love we accumulate, plus the acute pain that spikes at the thought of leaving it behind. One emotion enables the other. It's baggage we all carry. If we're lucky. ☐

51

232

큰발티 고갯길

우리 동네에는 큰발티(진해시 장천동 대발령)라는 고갯길이 있다. 진해와 웅천을 오가는 단 한 곳뿐인 역사적인 고갯길이며 사람만이 오르내리는 길이었다.

진해 사람들은 이 고갯길을 걸어서 넘었고, 부산 방면으로 오가는 유일한 고갯길이었다. 150m쯤의 높이지만 꼬불꼬불 급경사 산길이라 달구지도 못 오르고 짐들을 지게로 져 올렸다.

지금 이 고갯길을 오르고 있다. 길은 사라지고 나무들이 무성하다. 70년 전 그 모습이 아니다. 기억을 나침판 삼아 오른다. 수천 년 넘나든 선조들의 고갯길이며 핏속에 각인된 오솔길이다. 진해에서 부산 가는 차도가 옛날에 생겼건만 먼 길 돌아서 가야하기에 사람들은 이 고갯길을 애써 다니며 웅천 웅동으로 오갔다.

바로 이 시간, 드디어 고갯마루에 이르렀다. 천천히 아주 천천히 근 1시간이 걸렸다. 수십 년 만에 내가 처음 오른 듯 느껴진다.

멀리 아래쪽을 내려다본다. 진해만이 한눈에 들어온다. 상선들이 숱하게 떠 있고 멀리 속천동이 발아래에서 일렁인다. 고갯마루 편도 2차선 도로는 차들이 쉴 새 없이 달리고 고갯길은 낮아지고 급커브길도 고속화되었다. 자동차가 들어서 고갯길을 사라지게 했다.

고갯길, 옛 생각들이 떠오른다. 할아버지와 큰아버지는 이 고갯길을 넘어 멀리 웅동면으로 장가를 가고, 큰 형수님은 가마를 타고 이 고갯길을 넘고 또다시 십리 길을 걸어서 시집을 왔다. 그때 어린 생각에 웅동에서 큰발티까지 어떻게 참고 견디나 했는데 훗날 알고 보니 가마 안에 '지승'이 준비되어 있었다.

아버지는 어릴 적 큰발티에서의 슬픈 이야기를 들려주었다. 외갓집에 갔다가 이 고개에 이르고 얼마나 추웠던지 쓰러져 실신했다. 그날은 절후 입춘이었고, 고갯길 칼바람에 옷은 한복 바지저고리가 전부였다. 아버지는 그 추위 이야기를 못다 한 채 눈시울을 적셨고, 그런 후론 이 길은 나에게 재미없는 고갯길이 되었다.

큰발티 고개에는 진해 시민을 위한 수도관거가 지나고 있었다. 일제강점기 초기, 그들은 웅동면에 수원지를 축조하고 진해까지 장장 50km의 수도관을 매설했으며 이 고개에 와서는 터널을 뚫었다. 가로세로 1m 넓이로 우리는 고갯길 오르기가 힘들어 이 터널을 통과해 다녔다. 그곳에 사람이 죽어 있다고들 했다. 전깃불도 없고 무서워서 허둥지둥 지나갔다. 지금도 그 관거가 있을까.

나는 이 고갯길을 '고을 원님의 고갯길' 이라 이름 붙였다. 애써 붙인 이름이다. 웅천면은 고을 원님 관아官衙가 지금도 있다. 원님 행차 때 병사는 꽹과리를 치면서 길을 트고 뒤따라 가마 행렬이 나아갔으며, 둘도 없이 이 고갯길을 넘어야 했다.

옛날 초등학교 저학년 시절 담임선생님이 이곳 큰발티 고개 넘어 길 동쪽에 살았다. 여선생이었으며 자전거로 이 고갯길을 넘어 수십 리 길을 출퇴근했다. 선생님은 그 중간에 나를 태워 십 리 길 거리의 학교(덕산초등학교)로 갔다. 선생님은 4년제 진해 여중학교를 막 졸업한 억세게 건강한 일본 여인이었다. 좋아했던 선생님이어서 잊히지 않는다. 나는 일요일이면 이 고개를 넘어 선생님 집으로 놀러가 무화과를 배불리 따 먹었다. 지금은 자동차로 30분 거리지만 그때는 하루해였다. 종일토록 걷고 또 걸어가면 선생님은 반갑게 맞이해 주었다.

고갯길 마루, 해는 어느덧 기울고 돌아갈 시간이다. 꼬불꼬불 내리막길로 내려선다. 간신히 헤쳐 가니 그나마도 오르면서 터놓았던 길이다. 한결 가볍다.

The uphill trail

Bae, Dae-kyun, M. D., Ph. D.

One day I had a chance to visit my old country home village, and the uphill trail leading up to the top of mountain behind my home town. A secluded road it was, where I used to play up and down when I was young until my high school age. This path was only ox cart wide, lined up with armful poplar trees along the both sides, and sparsedly doted by old farmers houses along with it.

About two kilometers away eastward along the road, there existed an uphill path, which was called as Keunbalti hill by the villager.

This high hill was bordered by districts of Chinhae-eup and Ungcheon-myeon. In winter, strong valley wind kept blowing along the path. This trail was scary. Occasionally, I heard that our neighbors were robed by burglars of their entire bundle of cash while crossing over the hill. Burglars would ambush along the road and snatch away from farmers their lump sum money made from selling away their old home working cows at the cow marker.

The hill was so steep that an ox cart could not make it to the top. Cargos had to be bundled up and carried up to the hill using backpack type A-frame. When the cargo was carried up to the top, there was another ox cart standing by to further carry the cargo down the hill on the other side of mountain. Also, on this mountain trail, an old traditional sedan carrying a newly wed bride and her bridal entourage were occasionally moving along When I was a little boy, out of my little curiosity I once followed the sedan procession. The bride would stick in the sedan long hours. A question occurred to my little thought how she could put up with her urinal needs for such a prolonged hours of riding in sedan. Later, I nodded when I found out they prepared a brass chamber pot inside the sedan for her urinal needs.

My father would tell me about his experience of crossing over the uphill trail. On a bitter cold Ipchun day, he was going to my mother's maiden home, wearing only one set of Hanbok, a Korean traditional jacket and trousers. It was so cold that he momentarily fell asleep at the rest stop of hill. Of course. He became nearly frozen to death, when he was found by a passer-by. Talking about this story to me, I saw he was still shivering out of his old experiential fear. His episode was engraved in my little heart like one of my jinxes, and scared me everytime when I was crossing over the uphill since then.

This ox cart trail has been naturally formed through the generations of 500 years of Yi-dynasty, maybe since thousands years before then. Four years after Japan forcefully occupied Korea. Japanese colonial regime began to construct Ungdong water reservoir and lay down water supply pipes along this ready formed path in order to supply their residential potable water in Chinhae garrison area.

I believe those Japanese wise guys might have tried their best to survey in an effort to find a shortest cut route from the reservoir to their Chinhae base. This ox cart road was right the short cut they were looking for. It was constantly formed by our ancestors. This is another indication of our ancestor's surprising wisdom.

I would call this route as a country district magistrate procession road, a path on which a country district magistrate and his entourage procession were moving along. In olden days, on the other side of the hill, at Wngcheon district, there was a head office of Wonnim, the district magistrate. When Wonnim and his entourage procession was going on, one of his guarding soldiers led the procession ahead yelling and beating gone to keep the road open for the procession.

This road is still kept in shape.

When I was attending my elementary school, my class teacher, a Japanese woman, was living in a village located on the other side of this hill. She used to commute by bicycle over tens of kilometers stretching over the hill. She would stop by my house on her way and pick me up on her bicycle to school. She was crossing over the hill twice a day, every day for commuting to her house and school.

Now I am walking up the hill, and the uphill of Keunbalti has suddenly come into my vision only a distance away. I fastened up my shoes and started again to climb up the final stage of hill. The road was steep and zigzagging, making me grasp for my breath. Finally I reached up the top in a short span of time.

Momentarily, I got lost deem in my thought of old days. This trail was long and weary when I was little. Now it is quite different. It is nothing but a short hilly trail. Back then to my hungry and weary little boy, it might have been a imaginary road, a long and tough trail.